從文言文學習讀和寫

編著 周淑屏

從文言文學習讀和寫
編著／周淑屏
編輯／黃玉琼
美術設計／陳詩韻
插圖／魏穎秀
出版發行／突破出版社
香港沙田亞公角山路33號突破青年村
電話：2632 0000　傳真：2632 0388
電郵：breakthrough@breakthrough.org.hk
網址：http://www.breakthrough.org.hk
http://www.btproduct.com
承印／海洋印務
2018年3月初版1刷
2025年10月初版3刷

Reading and Writing
by Chow Suk Ping
First Printing, First Edition, March 2018
Third Printing, First Edition, October 2025

Printed in Hong Kong
ISBN 978-988-8392-69-8

本書採用環保油墨印刷

人文價值

或坐在巨人的肩膀上，或呷一口書香，讓我們的生活漸次提升，讓眼界更見遼闊。

目 錄

第二部分：培養品德

第三部分：創意無限

前言 為初接觸文言文的學生提供循序漸進的階梯

時常看到學生做文言文練習時滿臉愁容，因為不懂做便亂填答案。愛莫能助的家長往往因而藥石亂投，買來一大堆文言文書籍及練習，這便弄巧成拙，令學生更害怕文言文，甚至因而生厭。

這本書是為想打好文言文及閱讀、寫作基礎的學生而寫，可說是一本「入門」書。在選材與編寫時也針對這些需要着手，以下為此書的用法與特色：

1. 選取可以教學生為學與做人的文章，或內容有趣或具故事性的文言文，讓學生在提升學養之餘，亦有興趣閱讀古文，不再視閱讀文言文為畏途。

2. 書中選取了幾篇篇幅較長或內容較艱深的文言文，這些都是能夠提升學生在好學、敬師、立己立人方面的經典文章，學生不應因畏難而失諸交臂。因此在編選時節錄了較易明的精華部分，加上詳盡語譯及註解，且配合了文言文小知識及練習，務求藉着簡易的練習令學生初步掌握閱讀文言文的竅門，讓他們循序漸進、由淺入深地邁進經典文章的殿堂。

3. 閱讀文言文能令學生在認識中國文化、學習為學做人之餘，亦有利於寫作。讀和寫分不開，因此，本書着重讓學生吸收文言文的養分，化為具創意的文字，更提供寫作指引及學生的作文供參考，冀能同時提升學生閱讀與寫作的能力。

這本書的使用方法：

一、**閱讀理解練習** —— 學生未能明白較艱辛的文言文的話，可閱讀文言文的語譯部分，瞭解文章內容的意義，然後回答相關問題。

二、**文言文基礎練習** —— 每章均有文言文知識介紹及練習，幫助學生打好文言文基礎。

三、**寫作練習** —— 每章後附學生文選，學生可吸收文言文內容的養分，然後根據文選題目作文。第七、八章更有寫作指導，學生可參考以提升寫作水平。

第一部分：

【尊師重道】

第一課：

尊師重道

一日為師，終身為師

有一個很懂事的學生，從讀小二開始就跟我學寫作，他的懂事與體貼別人，曾幾次令我哽咽不能言語。

在他讀小三時，有一次在作文中談到自己在學習上遇到的困難，我問他有沒有告訴爸媽，他答：「爸媽工作很忙，又要照顧我和妹妹，生活上已經有很大負擔了，我不想令他們憂慮。」我聽了哽咽。

之後，有一次上課時他打了許多噴嚏，用了很多紙巾，下課時，他堅持要自己清理，不想傳染別人，連作文簿也堅持下一堂才給我改，不想傳染我。又一次，我有點感冒，上課時戴了口罩，下課時，其他學生都走了，他卻特意走慢一點留下來，為了對我說一句：「老師早日康復！」

教了他這幾年，也見證過小朋友面對的困難，譬如學校新來的老師對他的作文批評得體無完膚，令他對中文科的信心全失。我知道了很憤怒，我絕對相信自己的學生的語文水平，也相信自己在評核作文方面一定比這位老師公允。由是盡力勉勵他，希望他回復信心。兩個月前，他獲心儀的的中學取錄，他告訴我這好消息，終於讓我心上的一塊石頭落了地。

最近，他家裏發生了點事故，他的家長告訴我他短期內可能不能來上課，我在擔心之餘卻幫不上忙，只能為他們祈禱。可是，他還是來了上課，下課時，我跟他說：「憂慮時就向天父禱告。」他答：「有呀，我有每天向天父禱告。」

「一日為師，終身為師。」我不敢說自己有這麼高尚的情操，但是，我希望自己能一直為守護這些孩子做點什麼，至少，默默為他們向天父禱告。

* * *

說到為師之道，我想起了一篇古文，下面節錄了一篇文言文是韓愈的〈師說〉。有些學生也許會覺得文章有點悶，但對於正在面對文言文的閱讀困難的學生來說，應該會是有用的練習。

為小朋友報讀學校或興趣班的家長們都對師資及教學質素十分重視，他們會問是怎麼教的？內容有什麼？可否試堂？有些家長更會首先十分鄭重地提出小朋友是讀哪一間名校的，想知道老師是否有信心教這些來自名校的頂尖學生。

到底應該怎樣選擇老師呢？我沒有答案，但〈師說〉這篇文章中有。試先閱讀下面的原文後嘗試回答以下五條問題，後面亦提供了答案。

一、老師的職責是什麼？

（原文答案：傳道、受業、解惑也。）

老師是傳授道理、教授學業、解決疑難問題的人。

二、我們為什麼要跟隨老師學習？

（原文答案：人非生而知之者，孰能無惑？惑而不從師，其為惑也終不解矣。）

人不是生下來就懂得道理的，誰能沒有疑惑？有疑惑卻不跟從老師學習，他所存在的疑惑，就始終不能解決了。

三、可以成為我的老師的條件是什麼？

（原文答案：是故無貴無賤，無長無少，道之所存，師之所存也。）

哪裏管他的年齡比我大還是比我小呢？不論地位顯貴還是地位低下，不論年長年少，道理存在的地方，就是老師存在的地方。

四、為什麼有些人學得好，有些人學得不好？

（原文答案：今之眾人，其下聖人也亦遠矣，而恥學於師；是故聖益聖，愚益愚。）

聰明人之所以成為聰明人，愚蠢人之所以成為愚蠢人，是因為聰明人懂得向老師學習，愚蠢人以向老師學習為羞恥。

五、怎樣才是一個合適的老師？

（原文答案：聞道有先後，術業有專攻，如是而已。）

聽聞道理有先有後，學問和技藝上各有各的主攻方向，像這樣罷了。

好了，看完這篇文言文、答完這些題目，相信大家已找到答案了。從前，在我學習國際標準舞的時候，也曾為了找一個怎樣的老師而煩惱。坊間的舞蹈老師大多是拿過什麼什麼獎的，花多眼亂，令人不懂分辨。後來，學會了相信自己的眼睛，欣賞過他們跳舞，看到他們教學生做的自己也做得到，於是選對了老師。寫作亦一樣，我一向不大相信自己不寫作的老師能夠教曉學生寫作。家長不一定是專家，但都是一個讀者，作者寫得怎樣，讀者會心中有數。

怎樣選擇老師？「聞道有先後，術業有專攻，如是而已。」選定以後，就不用擔心老師怎樣教，而是放手由他去教就好了。

文言文原文

〈師說〉（節錄） 韓愈

古之學者必有師。師者，所以傳道、受業、解惑[1]也。人非生而知之[2]者，孰能無惑？惑而不從師，其為惑也終不解矣。

生乎吾前，其聞道[3]也，固先乎吾，吾從而師之[4]；生乎吾後，其聞道也，亦先乎吾，吾從而師之。吾師道也，夫庸[5]知其年之先後生於吾乎？是故無貴無賤，無長無少，道之所存，師之所存也。

嗟乎！師道[6]之不傳也久矣！欲人之無惑也難矣！古之聖人，其出人也遠矣[7]，猶且從師而問焉；今之眾人，其下聖人也亦遠矣，而恥學於師[8]；是故聖益聖，愚益愚[9]，聖人之所以為聖，愚人之所以為愚，其皆出於此乎！

愛其子，擇師而教之，於其身也則恥師焉，惑[10]矣！彼[11]童子之師，授之書而習其句讀[12]者，非吾所謂傳其道、解其惑者也。句讀之不知，惑之不解，或師焉，或不焉[13]，小學而大遺[14]，吾未見其明也。……

聖人無常師，孔子師郯子、萇弘、師襄、老聃[15]。郯子之徒，其賢不及孔子。孔子曰：「三人行，則必有我師。」[16]是故弟子不必不如師，師不必賢於弟子；聞道有先後，術業有專攻[17]，如是而已。……

註解

1 **傳道、受業、解惑：**道，知識道理，指以孔孟思想為原則的道理。受，通「授」，傳授。業，指以儒家為主的經籍。整句的意思是傳授道理、教授經典、解答疑問。

2 **生而知之：**之，指知識和道理。人並非生下來就懂得道理知識。這句出自《論語·述而》：「子曰：『我非生而知之者，好古而敏求之也。』」以及《論語·季氏》：「子曰：『生而知之者，上也；學而知之者，次也。』」

3 **聞道：**聞，聽見，引申指懂得，即懂得道理。

4 **從而師之：**從，跟從。師，詞類活用作動詞，指拜（他）為老師學習。

5 **庸：**豈，哪，表示反問。

6 **師道：**跟從老師學習的道理。

7 **出人也遠矣：**出，超出。遠，多、差距大。比一般人超出很多。

8 **恥學於師：**認為向老師學習是羞恥的。

9 **聖益聖，愚益愚：**聖，聖人或聰明人。愚，愚昧的人。益，更加。指聖人更加聖明，愚昧的人更加愚昧。

10 **惑：**指令人費解。

11 **彼：**那些。

12 **句讀：**句，文意完結的句子停頓位置，即文句運用句號的地方。讀，音「逗」，語意未盡而需停頓的地方，即文句運用逗號的地方。指斷句。古代書籍中沒有標點符號，老師需要教導學生文章的斷句停頓，讓他們明白文章的意思。

13 **或師焉，或不焉：**不，音「否」，意思跟否一樣。或，有人。指有人不懂句讀就向老師學習，有人對儒家道理有疑惑就不請教老師。

14 **小學而大遺：**指學習小知識卻遺漏大道理。

15 **郯子、萇弘、師襄、老聃：**郯，音「談」，郯子是春秋時郯國君主，孔子曾向他請教古代官職的名稱。萇，音「祥」，萇弘是周敬王的大夫，孔子曾向他學習古代音樂。師襄是春秋時魯國的樂官，孔子曾向他學習琴技。聃，音「耽」，老聃即道家學派的老子，孔子曾向他問禮。

16 **三人行，則必有我師：**三，幾。即幾個人同行走在路上，必定有一個可以當我老師的人。出自《論語 · 述而》:「子曰:『三人行，必有我師焉。』」

17 **術業有專攻：**術，技藝。學，學業、學問。攻：學習、研究。即技藝和學問各自有專門研究。

語譯

古代求學的人一定有老師。老師就是傳授道理、教授儒家經籍、解決疑難問題的。人不是生下來就懂得道理知識的，誰能沒有疑惑？有疑惑卻不跟從老師學習，他的疑惑就始終得不到解答了。

在我之前出生的人，他懂得道理本來就比我早，我跟從他學習；在我之後出生的人，他懂得道理也可能比我早，我也跟從他學習。我學習的是道理，豈用知道他是出生在我之前還是之後呢？所以不論地位顯貴卑賤，不論年齡長幼，道理存在的地方，就是老師存在的地方。

唉！從師學習的風氣已經失傳很久了！想要人沒有疑惑也很難了！古代的聖人，他們的道德學問超過一般人很遠，尚且跟從老師學習，向老師請教；現在的一般人，他們跟聖人相差很遠，卻認為向老師學習是羞恥的。所以聖人愈來愈聖明，愚人愈來愈愚昧，聖人之所以成為聖人，愚人之所以成為愚人，原因大概都是有沒有跟從老師吧！

人們愛自己的孩子，選擇老師教導孩子，他們自己卻以跟從老師學習為羞恥，這真令人費解啊！那些孩子的老師，教他們誦讀書籍並且學習書中的斷句，並不是我所說的傳授道理、解決疑惑的老師。不懂斷句就跟從老師學習，疑惑得不到解決卻不向老師求教，學習小知識卻遺漏大道理，我看不出他們明智的地方。……

聖人沒有固定的老師，孔子曾經向郯子、萇弘、師襄、老聃拜師。郯子這類人，他們的才智及不上孔子。孔子說：「幾個人同行，其中就一定有能做我老師的人。」所以學生不一定不如老師，老師也不一定比學生高明，理解道理的時間有先後，技藝和學業各有專長，師生的差別不過如此罷了。……

文言虛詞小知識

虛詞一般指無具體意義的詞，在語法上只能起句法結構作用，而不能單獨成句。古代的虛詞用字與現今的差異甚大，有些用字的意義和用法亦不同。文言虛詞包括副詞、介詞、助詞、連詞、歎詞等，如果要準確知道文言虛詞的意思，就必須根據上文下理的語言環境來分析，能判斷出該虛詞的詞性也可以幫助理解文意。由於虛詞用字繁多，必須自己緊記常用虛詞的用法，而最常用的就有「之、乎、者、也」。如「也」字：

1. 《齊諧》者，志怪者**也**。(《莊子・內篇・逍遙遊》)

   「也」作為句末語氣詞，表示判斷或肯定，沒意義可不用翻譯。

2. 不能片時藏匣裏，暫出園中**也**自隨。(庾信〈鏡賦〉)

   「也」作為副詞，就是「亦」、「也」的意思。

3. 孔與據皆從寡人而涕泣，子之獨笑，何**也**？(《晏子春秋・景公登牛山悲去國而死晏子諫》)

   「也」作為句末語氣詞，與「何」等詞相應運用，表示疑問語氣，可譯成「呢」。

文言虛詞練習

請在以下括號中加入：了、吧、呢、的、罷了、啊、唉（可重複使用），以翻譯文言文句子中虛詞的意義。

1. 人非生而知之者，孰能無惑？

   人不是生下來就懂得道理（　），誰能沒有疑惑？

2. 惑而不從師，其為惑也終不解矣。

   有疑惑卻不跟從老師學習，他所存在的疑惑，就始終不能解決（　）。

3. 吾師道也，夫庸知其年之先後生於吾乎？

   我學習的是道理，哪裏管他的年齡比我大還是比我小（　）？

4. 嗟乎！師道之不傳也久矣！欲人之無惑也難矣！

   （　）！從師學習的風尚已經失傳很久（　）！想要人們沒有疑惑也很難（　）！

5. 聖人之所以為聖，愚人之所以為愚，其皆出於此乎！

   聖人之所以成為聖人，愚人之所以成為愚人，原因大概都是有沒有跟從老師（　）！

6. 愛其子，擇師而教之，於其身也則恥師焉，惑矣！

人們愛自己的孩子，選擇老師教育孩子，他們自己卻以跟從老師學習為羞恥，這真令人費解（　）！

7. 聞道有先後，術業有專攻，如是而已。

聽聞道理有先有後，技藝和學業上各有各的專長，師生的差別不過如此（　　）！

答案：

1. 的。
2. 了。
3. 呢。
4. 唉、了、了。
5. 吧。
6. 啊。
7. 罷了。

學生文選

後面有三篇有關敬師的作文，可在參考〈師說〉的內容後，用文題試作。

1. 我最敬愛的老師

高主教書院小學部　小四　黃鈞亮

我最敬愛的老師是何老師，她是我去年的班主任。她身形中等，是長頭髮的，她常常穿着運動服。

她是一位和藹可親的人，當我的考試成績不好的時候，她就會鼓勵我說：「不要氣餒，下次努力一點就行了。」

她也是一個風趣的人，小息的時候，她知道我快要和家人去旅行，便對我說：「你不要去旅行，請你的爸爸、媽媽帶我去吧！」她常常在課堂上開玩笑，令到全班同學哄堂大笑。

她也是一個盡責的老師，有一次我上完課外活動的時候已經是六時了，我經過教員室時，看到她還在改卷，她真的非常盡責。

我希望她年年都可以做我的班主任，我會努力讀書，爭取好成績去報答她。

2. 我最敬愛的老師

香港培正小學　小五　林慧媛

我最敬愛的老師是陳老師。她的身形不瘦不胖，有一把又長又鬈曲的秀髮、一個高挺的鼻子和一個櫻桃小嘴。她也有一雙水汪汪的眼睛，還戴着一副深紫色框的眼鏡。她經常都穿藍色的裙子上課，因為她最愛的顏色是藍色。

陳老師是教我英文科的老師。她從不會對學生偏私，處事公平、公正。有一次，當老師吩咐我們分組學習時，一向不太整潔的何同學想加入我們的組別，可是，我周圍的女孩子反應極大，更大聲叫：「別走過來！我們不歡迎你！」何同學聽到這句話非常傷心，這時，陳老師便責備那些女同學道：「你們為何要這樣説？這樣會令到同學不開心的，如果你是何同學，別人這樣對你説，你也會很傷心吧？」於是，那些女同學便向何同學説對不起，也答應老師以後都不會這樣做了。

從這件事看到何老師真是一個毫不偏私、處事公平、公正的老師，不會因為學生的性格好不好，而偏幫任何學生；當學生不開心時，也會安慰他們。陳老師真是一位好老師，她不但處事公平、公正，還很溫柔可親呢！如果我長大後成為老師，我一定要向她好好學習怎樣做一個好老師！

3. 唐老師是我最敬愛的老師，他不喜歡説大道理，從他平日待人接物，我體會到中國文化可貴的一面。

拔萃女書院　中一　黃嘉愈

晚上八時半，我從自修室離開，看到學校裏的燈都關掉了。教員室已是燈光昏暗，唯獨是一個角落裏，還亮着些微燈光。只見桌上堆積如山的紙張中，有一個正在埋頭苦幹的身影，他便是我的中文老師 —— 唐老師。

唐老師是一位深受同學們敬愛的老師，他的外表平凡，但他非常注重中國文化，我最欣賞的便是他盡忠職守的一面。

盡忠職守聽起來好像很容易辦到，但其實真正做到的人卻是寥寥可數。唐老師不但會認真地教導我們，還會不厭其煩地回答我們的問題。有時候，同學因為要參加比賽而缺貨，其他老師只會叫他們問同學上課學了什麼，唐老師卻會主動為他們補課。

記得有一次，我患上了禽流感，因而缺課兩個星期。雖然我在醫院，但唐老師每天都會錄一段教學片段發電郵給我，好讓我能趕得上學習進度。回到學校時，他焦急地問我：「你還好嗎？你明白那些片段中的內容嗎？」我非常感激他，並且跟他約定了補課的時間。

整個星期他每天午膳時間都陪着我，只見他每天都只是匆匆地吃個麪包，便耐心地教導我。我看到他過了這星期後瘦了不少，令我深感內疚，不禁問他為什麼不多吃一點。他面有難色地回答：「我……我不過想減肥而已……」聽到這句話，我非常感動，更加尊敬他了。

唐老師像園丁一樣，每天都為我們灌輸新知識，並悉心地照顧我們；唐老師像明燈一樣，指引我們的路向，更讓我們感到溫暖。唐老師將中國文化中可貴的盡忠職守完美地表現了出來，他永遠都是我最敬愛的老師。

忠孝仁義是中華民族傳統美德的核心，其中，忠是代表盡忠職守，亦是唐老師充分表現出中國文化可貴的一面。我希望這美好的品德會感染到更多人，大家一起建設一個重視承擔的社會。

第二課：好學不倦

每年放榜的早上……

自從中學會考改成 DSE 考試以來，每年放榜早上也有學生打電話來報喜，告訴我中文作文考到 5** 的成績，並感謝我的教導。(除了其中有一年我沒有學生參加考試，所以沒收到電話。)

今年也不例外，放榜日的早上，一個學生 WhatsApp 說:「謝謝周老師，中文作文我考到 5**，將中文科的整體成績拉上到 5 級。」

我看到當然很高興，沒想到中文作文的成績那麼重要，在這張卷取得好成績，甚至可以將中文科本來不是太好的整體成績拉上 5 級，這對學生來說是很重要的。

他接着說:「感謝兩年來的教導。」看到這裏，我才記起，由中四上學期開始，一直到考 DSE 前的一星期才停止，他真的整整跟我學了兩年寫作。

一個來自頂級名校的學生，來到我的小課室，孜孜不倦、從不間斷的上課，態度謙虛、專注，勤奮與鍥而不捨終於有回報，其實我也要感謝他和他的家長，讓我教到一個這麼好的學生。

並非每一個中文作文拿到 5** 的學生也來自名校，三年前的一個學生，因為姐姐會考考得不好，考不到大學要出來工作，她不想重蹈姐姐的覆輸，痛定思痛地說：「周老師，我一定要入大學的，請你幫我，讓我的中文科可拿到 5* ！」由於她的發憤，令自己由中四初來上課時半篇文章的字也不能辨識，錯別字改不勝改，到考 DSE 之前，令人士別三日，刮目相看。放榜之日，她來電顫着聲的告訴我取得了 5**，後來還請我幫她寫了一封推薦信，最後終於圓了大學夢。

還有一個學生由小五已經跟我學寫作，每星期六老遠的由大埔跑出來太子。她的媽媽還介紹了她的表姊、表妹、表弟來，家族中大部分小孩都是我的學生。其中有幾個孩子自信不足，總是認為自己成績不好、沒用，我總是鼓勵他們放開心懷、發揮創意，也請他們的家長多鼓勵孩子。終於，這些孩子都有不錯的成績，而這家族中第一個參加寫作班的，也是第一年 DSE 開考第一個向我報喜取得 5** 的學生。

感謝這些學生讓我得到教學的樂趣，也是他們讓我明白到寫作在中文這學科中有着舉足輕重的分量。

懂得舉一反三的學生

在談文言文之前，先說一個成語出處。

子曰：「不憤不啟，不悱不發，舉一隅不以三隅反，則不復也。」（《論語 • 述而》）

在《論語·述而》篇中，孔子曾説過他教導學生的方法，十分重視求知動機和啟發，他要學生主動地去思考問題，而不是被動地依循或死記。他説：「如果學生了解了一張桌子有一個角，卻不能推斷出其餘三個角，那麼就不用繼續教他，讓他先自己用功再説。」

《論語》原文中的「舉一隅不以三隅反」，後來演變成「舉一反三」這句成語，就是用來形容人於學習中善於觸類旁通。這句成語的意思是，學習到一樣學問之後，可以靈活思考、融會貫通，運用到其他相類似的事理之上。

希望讀完以下一篇文言文〈勸學〉後，大家會明白到學習的重要。

*　　*　　*

下面這篇文言文好像很難，有許多難明的字詞，但只要弄懂其中説明事理的方法，便會變得易解。

首段中，荀子運用了許多比喻去説明**學習的功效**，就像是我們寫説明文時運用的比喻説明一般，你能舉出其中的三、四個比喻嗎？（可參考語譯的文字作答。）

1. 靛青色是從藍草裏提取的，但顏色比藍草更純而青；
2. 冰，是由水凝結而成的，卻比水還要寒冷；
3. 木材直得符合墨線的標準，用火烤令它彎曲做成車輪，車輪的彎度合乎圓的標準；即使受到風吹日曬而乾枯，也不會再變挺直，這是因為受到火烤的緣故。
4. 木材用墨線矯正就能變得挺直；
5. 刀劍經磨刀石磨過就能變得鋒利。

說完這些比喻，作者得出的結論是：君子廣博地學習，而且每日多次反省自己，就智慧清明而行為沒有過失了。

第二段中，荀子指出了**學習的好處**，同樣運用了一些比喻去說明，你能找出來嗎？

1. 登上高處招手，手臂並沒有加長，但遠處的人也看得見；
2. 順着風呼叫，聲音並沒有變得宏亮，但遠處的人聽得很清楚。

3. 借助搭乘車馬的人，並非腳走得快，卻可以到達千里之遠；

4. 借助搭乘舟船的人，並非善於游泳，卻能橫渡江河。

說完這些比喻，作者得出的結論是君子的天性跟一般人沒有不同，只是善於借助外物罷了。

第三段，荀子比較了有品德的人（君子）和沒有品德的人（小人）在學習之後的不同表現，就像是我們寫說明文時運用的比較說明一般，你能找出來嗎？

君子學習，要聽在耳裏，記進心裏，散佈在身體四肢，表現在威儀舉止動靜有度上。舉手投足，無論極細微的言行，都可以成為人的楷模。小人學習，耳聽了，嘴說出來；嘴巴和耳朵之間，距離不過四寸而已，怎麼能夠改善他的表現和氣度呢？

第四段，荀子比較了只讀經典和跟有學養的人學習兩種方法哪樣學得更快捷，同樣運用了比較說明，你能找出來嗎？

1. 《禮經》、《樂經》有法度但不能詳細解說；

2. 《詩經》、《尚書》古樸但不切合現實；

3. 《春秋》簡約但不能快速理解。

4. 仿效賢人學習君子的學問，就能得到廣泛尊重，周合於世間。

結論是：學習沒有比親近賢人更便捷的。

說完這些荀子運用的說明方法，你會覺得這篇文言文不難明白了吧？

文言文原文

《荀子・勸學》(節錄)　荀子

君子曰：學不可以已[1]。青，取之於藍[2]，而青於藍；冰，水為之，而寒於水。木直中繩[3]，輮[4]以為輪，其曲中規[5]；雖有槁暴[6]，不復挺者，輮使之然也。故木受繩[7]則直，金就礪[8]則利，君子博學而日參省[9]乎己，則知明而行無過[10]矣。故不登高山，不知天之高也；不臨深溪，不知地之厚也；不聞先王之遺言，不知學問之大也。……

吾嘗終日而思矣，不如須臾之所學也；吾嘗跂[11]而望矣，不如登高之博見也。登高而招，臂非加長也，而見者遠。順風而呼，聲非加疾[12]也，而聞者彰。假輿馬者[13]，非利足[14]也，而致千里；假舟楫者，非能水[15]也，而絕[16]江河。君子生非異[17]也，善假於物[18]也。……

君子之學也，入乎耳，著乎心[19]，布乎四體[20]，形乎動靜。端而言，蝡而動[21]，一可以為法則。小人之學也，入乎耳，出乎口；口耳之間，則四寸耳，曷足以美七尺之軀哉[22]！……

學莫便乎近其人[23]。《禮》《樂》法而不說[24]，《詩》《書》故而不切[25]，《春秋》約而不速[26]。方其人之習君子之說，則尊以遍矣，周於世矣。故曰：學莫便乎近其人。

註解

1 **已：**停止。

2 **青，取之於藍：**青，靛青色的染料。於，從。藍，蓼藍，一種草，又稱靛草，葉子可以提煉成染料。指靛青從蓼藍草中提煉出來。

3 **木直中繩：**中，作動詞，符合。繩，墨線，用來畫直線的工具。指木材的筆直要符合墨線的標準。

4 **輮：**通「煣」，音「由」，用火烤使木材彎曲的一種工藝。

5 **規：**圓規，測圓的工具。

6 **雖有槁暴：**雖，即使。有，通「又」。槁，枯乾。暴，通「曝」，曬。即使車輪又被日曬而乾枯。

7 **繩：**詞類活用作動詞，指用繩墨來矯正。

8 **就礪：**就，接近，靠近。礪，磨刀石。將刀劍放在磨刀石上磨利。

9 **參省：**參，有三個解釋，一是檢驗；二是通「三」；三是多次。省，省察、反省。這裏採用第三種解釋，指多次反省自己。

10 **知明而行無過：**知，通「智」，智慧。明，清明通達。行，行為。指智慧明達，行為沒有過錯。

11 **跂：**踮起腳後跟站立。

12 **疾：**急速，引申指聲音宏亮。

13 **假輿馬者：**假，借助、憑藉。輿馬，馬車。指借助搭乘馬車的人。

14 **利足：**利，快、迅速。指腳步快、腳走得迅速。

15 **能水：**水，詞類活用作動詞，游泳。指善於游泳。

16 **絕：**橫渡。

17 **生非異：**生，通「性」，天性、資質。指天性跟一般人沒有不同。

18 **物：**指客觀事物或外在條件。

19 **著乎心：**著，記載、記得。記進心裏。

20 **布乎四體：**布，散布。四體，四肢。指散布在身體四肢。

21 **端而言，蝡而動：**端，音「喘」，微言。蝡，同「蠕」，微動。指極細微的言行。

22 **曷足以美七尺之軀哉：**曷，怎麼。美，詞類活用作動詞，使變善美。哉，語氣助詞，呢、嗎。指怎麼能夠善美他的七尺之軀呢。

23 **其人：**指有才德的賢人。

24 **法而不說：**法，法度。說，詳細解說。有法度但不能詳細解說。

25 **故而不切：**故，同「古」，古樸。切，切近、貼合。古樸但不切合現實。

26 **約而不速：**約，簡約。速，快速理解。指簡約但不能讓人快速理解。

語譯

君子說：學習不可以停止。靛青，是從藍草裏提取的，但比藍草更純而青；冰，是由水凝結而成的，卻比水還要寒冷。木材直得符合墨線的標準，用火烤令它彎曲做成車輪，車輪的彎度合乎圓的標準；即使受到風吹日曬而乾枯，也不會再變挺直，這是因為受到火烤的緣故。所以木材用墨線矯正就能變得挺直，刀劍經磨刀石磨過就能變得鋒利；君子廣博地學習，而且每日多次反省自己，就智慧清明而行為沒有過失了。所以不登上高山，就不知道天有多高；不下臨深谷，就不知道地有多厚；沒聽過先王的遺教，就不知道學問的博大。……

我曾經整天思索，卻不如片刻學到的知識有益；我曾經踮起腳向遠方眺望，卻不如登上高處看得廣闊。登上高處招手，手臂並沒有加長，但遠處的人也看得見；順着風呼叫，聲音並沒有變得宏亮，但遠處的人聽得很清楚。借助搭乘車馬的人，並非腳走得快，卻可以到達千里之遠；借助搭乘舟船的人，並非善於游泳，卻能橫渡江河。君子的天性跟一般人沒有不同，只是善於借助外物罷了。……

君子學習，要聽在耳裏，記進心裏，散佈在身體四肢，表現在威儀舉止動靜有度上。舉手投足，無論極細微的言行，都可以成為人的模範。小人學習，耳聽到了，嘴說出來；嘴巴和耳朵之間，距離不過四寸而已，怎麼能夠美化他的七尺之軀呢？……

學習沒有比親近賢人更便捷的。《禮經》、《樂經》雖有法度但不能詳細解說，《詩經》、《尚書》雖古樸但不切合現實，《春秋》雖簡約但不能讓人快速理解。仿效賢人學習君子的學問，就能得到廣泛尊重，周合於世間。所以說學習沒有比親近賢人更便捷的了。

詞｜類｜活｜用｜小｜知｜識

詞類活用指一個詞原本屬某一類詞性，有它的基本用法，但在特定的語言環境下，臨時改變它的詞性，作另一意義來使用。

分析詞類活用情況，最重要的是判斷詞性，句子中每個字的詞性都可以幫助判斷詞義。詞類活用有幾種常見的方式：

1. **名詞活用作動詞**：如鍾惺〈浣花溪記〉中，「橋盡，一亭**樹**道左。」「樹」是名詞，用作動詞，指「樹立」。

2. **動詞活用作名詞**：如柳宗元〈捕蛇者說〉中，「殫其地之**出**，竭其廬之**入**。」「出」和「入」是動詞，用作名詞，指「出產」和「收入」。

3. **形容詞活用作動詞**：如司馬遷《史記・呂不韋列傳》中，「吾能**大**子之門。」「大」是形容詞，用作動詞，指「使其變大、擴大」。

4. **形容詞活用作名詞**：如晁錯〈論貴粟疏〉中，「乘**堅**策**肥**。」「堅」和「肥」是形容詞，用作名詞，指「堅固的車子」和「肥壯的馬」。

詞類活用練習

下面的練習中提供了某些字詞在古文中的詞性用法，請把這些字詞現在的常用詞性寫出來。

例：假舟楫者，非能水也。

水：(名詞) 用作動詞：游水。

1. 木直中繩，輮以為輪

   輮：(　　) 用作動詞：使……彎曲。

2. 其曲中規

   曲：(　　) 用作名詞：曲度、弧度。

3. 登高而招，臂非加長也

   高：(　　) 用作名詞：高處。

4. 積善成德

   善：(　　) 用作名詞：善行。

5. 故木受繩則直

直：(　　　) 用作動詞：變直。

6. 假輿馬者，非利足也

利：(　　　) 用作動詞：走得快。

答案：

1. 名詞。
2. 形容詞。
3. 形容詞。
4. 形容詞。
5. 形容詞。
6. 形容詞。

〈王冕好學〉（節錄） 宋濂

王冕者，諸暨[1]人。七八歲時，父命牧牛隴[2]上，竊入學舍[3]聽諸生誦書。聽已，輒默記。暮歸，忘其牛。或牽牛來責蹊田[4]。父怒撻[5]之，已而復如初。母曰：「兒癡如此，曷不聽其所為[6]？」冕因去[7]，依僧寺以居。夜潛出，坐佛膝上，執策[8]映長明燈讀之，琅琅[9]達旦。佛像多土偶，獰惡可怖，冕小兒，恬[10]若不見。安陽韓性[11]聞而異之，錄為弟子，學遂為通儒[12]。性卒，門人事冕如事性。

時冕父已卒，即迎母入越城[13]就養。久之，母思還故里，冕買白牛駕母車，自被古冠服隨車後。鄉里小兒競遮道[14]訕笑，冕亦笑。

註解

1 **諸暨：**今浙江省諸暨市。

2 **隴：**隴，同「壟」，田中高的地方，指田埂。

3 **竊入學舍：**竊，偷偷地、私自。學舍，學堂、學校。指私自跑進學堂。

4 **蹊田：**蹊，踐踏。指踐踏田地。

5 **撻：**鞭打。

6 **曷不聽其所為：**曷，同「何」，為什麼。聽，任由、任憑。指何不任由他呢？

7 **因去：**因，於是、因此。去，離開、離去。指王冕於是離家。

8 **執策：**策，同「冊」，書卷。指拿着書卷。

9 **琅琅：**讀書聲。

10 **恬：**安靜。

11 **韓性：**元代理學家，紹興人。《元史》稱他「博綜羣籍，自經史至諸子百氏，靡不極其津涯，究其根柢……其為文辭，博達儁偉，變化不測，自成一言。」他的學生稱他韓先生。死後謚號「莊節」。

12 **通儒：**博通古今，學識淵博的儒者。

13 **越城：**今浙江省紹興市。

14 **遮道：**阻擋道路。

語譯

王冕是諸暨縣人。七、八歲時，父親命令他到田埂裏放牛，他私自跑進學堂裏去聽學生唸書。聽完後，就默默地記住。黃昏回家，他忘記了放牧的牛。有人牽着牛來責罵王冕家的牛踐踏了他的田地。王冕的父親大怒，鞭打了他一頓。事情過後，他又如最初一樣。他的母親說：「兒子沉迷讀書，何不任由他呢？」王冕於是離開家裏，寄住在寺廟中。夜晚他就暗中走出門，坐在佛像的膝蓋上，手執書卷藉寺中長明燈的燈光誦讀，讀書聲琅琅直到天亮。佛像多是泥塑土偶，面目猙獰兇惡，令人害怕，王冕是小孩，卻安靜地好像沒看見似的。安陽的韓性聽說之後感到很驚訝，收他做弟子，他學有所成後，成為博通古今、學識淵博的儒者。韓性死後，他的門人侍奉王冕就如同侍奉韓性一樣。

當時王冕的父親已死去，王冕就將母親迎接入越城供養。時間久了，母親思念故鄉，王冕就買頭白牛駕駛牛車載着母親，自己身穿古式衣帽跟隨在車子後面，鄉里的小孩爭相遮擋道路兩旁譏笑，王冕也笑。

學生文選

後面有兩篇有關好學生的作文，可在參考〈勸學〉和〈王冕好學〉的內容後，用文題試作。

1. 我是一個好學生

九龍塘學校（小學部）　小四　彭以寬

我是一個好學生，怎樣才是好學生？好學生會專心致志、遵守規則、待人有禮和樂於助人。以上的事我都做到了，所以我是好學生。

首先，我説説專心致志。在上課時，我會心無旁鶩，會舉手回答問題；我會坐得很端正，不會三心兩意、談天説地。

其次，我説説遵守規則。在學校裏我不會蹦蹦跳跳，不會不負責任和不誠實。有一次，有兩個五甲班的同學在走廊追逐，我一看見就説：「不要跑，亂跑是很危險的。」

然後，我還待人有禮，我在早上看見老師會向老師鞠躬，小息在走廊看見老師會向他點頭，我還會在下課時向老師道謝。

最後，我要説到樂於助人。有一次，我剛剛上完洗手間，看到一個低年級的同學在操場上哇哇大哭，我立即跑到操場帶他去醫療室包紮傷口。雖然我做到了以上的事，但我不會驕傲自滿，我要努力不懈地學習，孔子説：「學不厭，教不倦。」，其中的「學不厭」就是這個意思。

2. 我是一個好學生

香港培正小學　小五　林慧媛

怎樣才是一個好學生？我認為要成為一個好學生，就應該要專心上課、遵守規則、樂於助人等等。以上的各項我都做到了，所以我是一個好學生。

首先，我會專心一意上課。每一次當老師說到一些重點和有機會在考試出的問題時，我也逐一把題目抄在筆記簿裏，考試前再拿出來溫習。還有，在上課的時候，我會心無旁騖；老師說話時，我不會發呆，想其他與課堂無關的東西，所以，我一向成績都很好，老師也常常表揚我呢！

其次，我也是一個遵守規則的學生，我不會在課堂上喧嘩大叫，但同學們常常不舉手便把答案叫出來，所以班主任王老師便定了一條規則，就是「先舉手，後發問或答問題。」並叮囑我們一定要遵守呢！

我也是一個樂於助人的學生。有一次，當我做風紀當值時，我看見一個大約一、二年級的同學在操場上跌倒了，我立刻走上前幫助他。我看見他滿面淚水，哭得很厲害，覺得他很可憐，便送他到醫療室那裏，待姑娘幫這位同學檢查傷口。之後，當他的傷口痊癒時，他送了一份小禮物給我，當作小心意答謝我呢！那一瞬，我真的很開心。

雖然我能做到以上三點，但我不會驕傲自滿，我會努力不懈，繼續做一個好學生。

第三課：必有我師

一個時常指出我的錯誤的學生

有一個精靈可愛的學生，他有一雙小小的眼睛和一張總是笑着或說着話的嘴巴。對我來說，他是一個能時常指出我的錯誤的學生。

有時他的家長遲了一點來接他，他成了最後走的一個小朋友。這時，我會一邊執拾課室一邊跟他聊天，由是，他對於我的課室擺設及教學程序都瞭如指掌，有時我把東西放錯了地方或教漏了些什麼，他都能夠馬上指出來。

我也十分關心他的需要，看到洗手間的門柄對他來說有點高，我因應他的身高和手的位置加裝了一個小門柄；因為他好奇喜歡查看課室隱閉處的物品，我又會因應他伸手及不到的高度重新放置。

他精靈可愛，他的媽媽也是十分幽默的家長。在他初來報名時，我問孩子讀哪個年級，他的媽媽答:「他升三年級，作文的程度是語無倫次級！」

農曆新年前，我祝他學業進步，他的媽媽說:「他是要猛進的！」我答:「循序漸進就好了。」和家長傾談也是一種樂趣，有懂得幽默的家長才會有常常笑容滿臉的快樂孩子。

有一次下課時，我只顧着請學生小心走慢點勿跌倒，卻沒為意自己擋了在教室門口讓學生出不了門，他提醒我說：「老師你龐大的身軀擋住了門口哩！」這時剛巧他的媽媽來接他，我說：「這孩子很厲害，時常能找出我的錯誤！」他的媽媽答：「他卻不能找出和改正自己的錯誤哩！」

雖然他上課時愛說話，但這幾課我發現他在作文時很靜很專注，我想是因為他有兩次作文只有七十多分，他想專心專注一點，讓分數重回八十分以上。

我想跟他說：「你的作文程度已不再是語無倫次級了，只要你繼續專心專注寫作，我有信心你每次作文的分數也有八十分以上。」

身為學生要好學，就算身為老師的亦該謙虛，至於怎樣才稱得上好學呢？我們一起看下面的文言文。

* * *

以下這些關於學習的諺語，你聽過嗎？認識多少？

「玉不琢，不成器；人不學，不知道。」

「學然後知不足，教然後知困。」

「教學相長也。」

「時過然後學，則勤苦而難成。」

「獨學而無友，則孤陋而寡聞。」

這些諺語都是出於《禮記 · 學記》的，也就是選取這篇文章的原因。這篇文章和荀子的〈勸學〉一樣，好像很難，有許多難明的字詞，但在這裏不要求一定要弄懂全篇文章，弄懂這幾句已經很好了。下面，請你嘗試說說這些諺語的意思。

一、「玉不琢，不成器；人不學，不知道。」

玉石不經雕琢，就不能成為好器物；人不學習，就不會知曉道理。

二、「學然後知不足，教然後知困。」

學習之後才能知道自己的不足，教人之後才發現自己的困惑。

三、「教學相長也。」

教與學是互相促進的。

四、「時過然後學，則勤苦而難成。」

過了學習時期後才學習，即使勤苦努力也難以成功。

五、「獨學而無友，則孤陋而寡聞。」

獨自學習而沒有朋友互相討論，就會孤陋寡聞而且見識淺薄。

弄通了這幾句，我們已能大致掌握了學習的功用、學習的時機、方法等，然後，我們可以參考解釋和語譯，嘗試理解這篇文言文多一些。

文言文原文

選文一

《禮記·學記》(節錄)

發慮憲[1]，求善良，足以謏聞[2]，不足以動眾；就賢體遠[3]，足以動眾，未足以化民。君子如欲化民成俗，其必由學乎！

玉不琢，不成器；人不學，不知道。是故古之王者建國君民，教學為先。《兑命》[4]曰：「念終始典[5]于學。」其此之謂乎！

雖有嘉肴[6]，弗[7]食，不知其旨也；雖有至道，弗學，不知其善也。故學然後知不足，教然後知困。知不足，然後能自反也；知困，然後能自強也。故曰：教學相長也。《兑命》曰：「學學半[8]。」其此之謂乎。……

發然後禁，則扞格[9]而不勝。時過然後學，則勤苦而難成。雜施而不孫[10]，則壞亂而不脩[11];獨學而無友，則孤陋而寡聞。燕朋[12]逆其師，燕辟[13]廢其學。此六者，教之所由廢也。

註解

1 **發慮憲：**發，發動，引申作符合。慮，思慮、思想。憲，法則。指思慮符合法則。

2 **謏聞：**謏，小。聞，名聲、聲譽。指小小聲譽。

3 **就賢體遠：**就，親近、接近。體，體恤。遠，有兩個解釋，一是疏遠的人；二是偏遠，遠離都城的窮鄉僻壤。指親近賢明之士、體恤與己關係疏遠的人。

4 **《兑命》：**指《尚書》中的〈説命〉篇，內容記載傅説告訴殷高宗為政之道，現在已亡佚。

5 **典：**常常。

6 **嘉肴：**美食佳餚。

7 **弗：**通「不」。

8 **學學半：**第一個「學」字同「斆」，是「教」的意思，音「效」。指教與學是各可獲益一半。

9 **扞格：**扞，音「汗」，抵抗、抗拒。格，堅硬不可入的樣子。

10 **雜施而不孫：**施，施教。孫，通「遜」，柔順，引申作依循，這裏是依循學習進度。指施教雜亂無章而不依循學習進度。

11 **脩：**同「修」，修治、整理。

12 **燕朋：**不正當、輕慢的朋友。

13 **燕辟：**辟，癖好、習慣。指不良習慣。

語譯

思慮符合法則，招徠品德善良的人，可以博取小小聲譽，不能夠感動羣眾；親近賢明之士、體恤與己關係疏遠的人，可以感動羣眾，但不足以教化百姓。君子如果想教化人民並形成良好風俗，就必定從設學施教入手吧！

玉石不經雕琢，就不能成為好器物；人不學習，就不會知曉道理。所以古代的君王建立國家、統治人民，首先是設學施教。《尚書‧説命》篇説：「由始至終，要常常想着致力學習。」説的就是這個道理吧！

即使有美食佳餚，不吃一口，不會知道它的美味；即使有高深至善的道理，不學習，不會明白它的好處。所以學習之後才能知道自己的不足，教人之後才發現自己的困惑。知道自己的不足，然後才能反省自己；發現自己的困惑，然後才能自勉圖強。所以説：教與學是互相促進的。《尚書‧説命》篇説：「教與學各可獲益一半。」説的就是這個道理了。……

邪惡念頭已經萌芽後再加以禁止，就堅固得不易攻破而教育也不能得勝。過了學習時期後才學習，即使勤苦努力但也難以成功。施教雜亂無章而不依循學習進度，就會打亂學習條理而不可收拾；獨自學習而沒有朋友互相討論，就會孤陋寡聞而見識淺薄。結交不正經的朋友就會違逆老師的教導，養成不良習慣就會荒廢學業。這六項，是教學之所以失敗的原因。

通假字小知識

通假字是閱讀文言文時很常見的一種現象，所謂「通」指通用，「假」指假借，意思是在表示某個意義時，不用本身的字，而借用其他字來代替。通假字源於古人省事、筆誤或方言習慣的寫法，所以常用其他古代同音、近音或近形字代替本字，沿用下來便成為習慣。在不少古漢語辭書或古代名著中，常在解釋中出現「通某字」的條目，那些都是通假字。

通假通常是有以下三種規律：

1. **同音通假**：如《孟子・離婁章句下・齊人有一妻一妾》中：「蚤起，施從良人之所之。」「蚤」通「早」，解作早上。

2. **雙聲通假**：如《管子・法禁》中：「故舉國之士以為亡黨。」「亡」通「盟」，解作結盟。

3. **疊韻通假**：如王充《論衡・問孔》中：「然則孔子不粥車以為鯉椁，何以解於貪官好仕恐無車？」「粥」通「鬻」，解作賣。

通假字練習

試根據下面字詞的讀音推敲，寫出它的通假字。

本文中的例子：

例 1：困於心，衡於慮，而後作。

衡：通（橫），指橫塞。

例 2：入則無法家拂士，出則無敵國外患者，國恆亡。

拂：假借為（弼），輔佐；拂士即輔佐的賢士。

練習：

1. 所以動心忍性，曾益其所不能。

   曾：通（　），增加。

2. 師者，所以傳道、受業、解惑也。

   受：通（　），傳授。(〈師說〉)

3. 句讀之不知，惑之不解，或師焉，或不焉……（〈師說〉）

讀：通（　），閱讀中的斷句；不：通（　），否定。

4. 君子生非異也，善假於物也。（〈勸學〉）

生：通（　），資質、天賦。

5. 雖有槁暴，不復挺者，輮使之然也。（〈勸學〉）

暴：通（　），曬乾。

6. 君子博學而日參省乎己，則知明而行無過矣。（〈勸學〉）

知：通（　），智慧。

7. 久之，母思還故里，冕買白牛駕母車，自被古冠服隨車後。（〈王冕好學〉）

被：通（　），穿戴。

答案：

1. 增。
2. 授。
3. 逗、否。
4. 性。
5. 曝。
6. 智。
7. 披。

文言文原文

《論語・季氏第四》

孔子曰：「益者三友，損者三友。友直，友諒[1]，友多聞，益矣。友便辟[2]，友善柔[3]，友便佞[4]，損矣。」

《論語・述而第二十二》

子曰：「三人行，必有我師焉。擇其善者而從之，其不善者而改之。」

《論語・雍也第三》

哀公問：「弟子孰[5]為好學？」孔子對曰：「有顏回者好學，不遷怒，不貳過。不幸短命死矣。今也則亡[6]，未聞好學者也。」

註解

1 **諒：**誠實。

2 **便辟：**習慣威儀逢迎。

3 **善柔：**善於阿諛奉承。

4 **便佞：**習慣花言巧語，而言語不真實。

5 **孰：**誰。

6 **亡：**無。

孔子說：「有益的朋友有三種，有害的朋友有三種。與正直的人交友，與誠信的人交友，與見聞廣博的人交友，這便是有益的。與習慣逢迎的人交友，與善於阿諛奉承的人交友，與習慣花言巧語的人交友，這便是有害的。」

孔子說：「三個人同行走路，必定有人可以成為我的老師。選擇他的優點而跟從他學習，見到他的缺失的地方就知所警惕自我改正。」

魯哀公問孔子道：「學生中誰是好學的呢？」孔子回答說：「有個叫顏回的很好學，他不會將怒氣發在別人身上，不會犯同樣的過錯。他很不幸短壽死了。現在就沒有，沒聽說有好學的學生了。」

下面是一篇以〈學記〉其中兩句：「獨學而無友，則孤陋而寡聞。」寫作的文章，可參照文題寫作。

1. 古人說：「獨學而無友，則孤陋而寡聞。」在現今的學習生活中，你是否同意？談談你的看法。

九龍華仁書院　中一　梁譽曦

在現今的學習生活中，我同意「獨學而無友，則孤陋而寡聞」這句話。這句話是說自己學習而沒有朋友，就會孤陋寡聞，沒有見識。

孔子有云：「友直，友諒，友多聞，益矣。」這句話是說對你有益的朋友是：率直、會體諒別人和博學多聞。有了這樣的朋友，你就可以知道自己的缺點，從而改善自己；你也會懂得體諒別人，懂得和別人好好相處；你更可以藉着朋友知道更多知識，增廣見聞。

習近平總書記在一場演說中引用過「獨學而無友，則孤陋而寡聞。」他認為各國要尊重各自的民族文化；另一方面，各國文明又要互學互借，共同推進人類各種文明的交流，不可自我封閉，更不可唯我獨尊。

有一次，我在上專題研習課時，老師叫我們研習昆蟲，我非常害怕昆蟲，也對此感到十分陌生。我起初以為這次研習的成績一定不會好了，幸好，我有一個朋友，他對昆蟲的認識很多，我時常請教他，我現在對昆蟲的認識多了很多，也知道不同昆蟲的習性。

一些人可能認為上網就可以得到知識了，不用和朋友互相切磋，但是網上的資料不一定正確，而且欠缺互動性和趣味性，我們也不能和它聊天及切磋砥礪。

因此，在現在的學習生活中，我同意「獨學而無友，則孤陋而寡聞」這說法。

2.「獨學而無友，則孤陋而寡聞。」

啟思小學　小五　張墁庭

你知道「獨學而無友，則孤陋而寡聞」的意思嗎？它出自《禮記》，意思是一個人獨自學習，沒有朋友，則會知識淺薄。

就像我的朋友一樣，他自己一個學小提琴，以為自己很厲害，其實他只會彈奏幾首樂曲。孔子說：「三人行必有我師。」意思是三人一起必有一人可以教你一些知識。《禮記》中的另一句「教學相長也」的意思是，教別人的時候，自己也會學習到知識。

不過我們也要小心，注意和別人一起學習對我們有沒有幫助。我有一個同學常常一邊上課一邊大聲説笑，有時候也會偷偷玩放在他旁邊的樂器，吵着我們上課。相反地，當我問一些同學問題時，他們會仔細地教我，這些同學對我們的學習是有幫助的。

所以有一個好同學或好朋友一起學習，會有很多好處。我們要選擇能夠對我們學習有幫助的朋友一起學習。

3.「獨學而無友，則孤陋而寡聞。」

中西區聖安多尼學校　小四　嚴浩鳴

你知道「獨學而無友，則孤陋而寡聞。」的意思嗎？它的意思是單獨一個人學習，一定學不到很多知識。

孔子說：「三人行必有我師」，是說三個人一起走，一定有一個人可以教我們一些知識。例如一個人不懂游泳，另一個人就教他游泳。

一起學習有很多好處，令我們可以學到更多知識。例如我們有不懂寫的字，同學就會教我們。但是一起學習也會有不好的事情發生，例如有些同學會打架、不想學習、談話、玩耍、言不及義等等。

所以我們要選擇專心向學的同學一起學習，如果我們每天都和好同學一起專心學習，我們的考試、測驗都會拿到好成績。

第二部分：

【培養品德】

第四課：推己及人

最珍貴的禮物、最美麗的文字

偶爾會有一些讀者將他們寫的文章電郵給我，請我給意見，他們多是高學歷的專業人士。坦白說他們的文章我很難給意見，因為文章無論文字技巧、思路、表達能力都是沒什麼可挑剔的，只是，每次看完他們的文章都有一個強烈感覺：裏面「沒有人」。

這些文章不是什麼實用文或説明文，他們寫文章的目的多是抒發自己或想和別人分享感受，但文章中看不到他們自己，也看不到他們對人對事的真實感受，那麼，徒有華美文字，讀者也不能從中有什麼感覺。我猜想是他們都有很多保護自己、防範他人的牆，或被工作訓練得不習慣表現真實的自己的緣故。

一直都想不通對這些讀者的文章該怎樣回應，成人的寫作班又應該怎樣教……直到昨天，因為在 Facebook 上分享學生的文章，一時好奇看了他的家長在他們一家的 Facebook 上分享的訊息，我找到了答案。

這位小朋友的父親在三個孩子和太太的每個生日及結婚周年紀念日，都會給對方寫一封長信作為禮物，內容包括在過去一年中與他們相處的生活瑣事、處理孩子間一些糾紛的背後想法、互相之間的善意、善待及快樂時光、共度困難的回憶，還有給予對方的感謝與鼓勵。這些信中沒有華麗的言辭，卻是感人至深。

這些書信，令我領悟到文字原來可以是最珍貴的禮物，在我們關愛的人生日或特別節日時，給他們寫一封信，分享生活感受、回憶相處點滴，向對方表達真誠的欣賞與感謝……這將會是給伴侶、孩子、親人、朋友最珍貴的禮物。這位家長説那同時是給自己的一份珍貴禮物——為自己記下美好回憶供將來回味。

由此，我找到了答案，再有讀者請我就文章給意見或找我教成人寫作班時，我就請他們仿效這位家長，以文字作禮物送給身邊的人，不需要參加寫作班或考究修辭，只要其中有真摯的感情和真誠的愛，就是最美麗的文字！

既然關愛這麼重要，那麼仁者孔子眼中的仁愛又是怎樣的呢？我們來看看以下這些《論語》的選段。

文言文原文

《論語・衞靈公第二十四》

子貢問曰：「有一言而可以終身行之者乎？」子曰：「其恕乎。己所不欲，勿施於人。」

《論語・顏淵第二》

仲弓問仁。子曰：「出門如見大賓，使民如承大祭[1]。己所不欲，勿施於人。在邦[2]無怨，在家無怨。」

《論語・里仁第十五》

子曰：「參乎！吾道一以貫之。」曾子曰：「唯[3]。」子出，門人問曰：「何謂也？」曾子曰：「夫子之道，忠恕[4]而已矣！」

《論語・雍也第三十》

子貢曰：「如有博施於民而能濟眾，何如？可謂仁乎？」子曰：「何事於仁，必也聖乎！堯舜[5]其猶病[6]諸！夫仁者，己欲立[7]而立人，己欲達[8]而達人。能近取譬，可謂仁之方[9]也已。」

註解

1 **大祭：**大祭典。

2 **邦：**國家。

3 **唯：**是。

4 **忠恕：**忠，忠誠、真摯誠懇。恕，寬恕別人的過錯。

5 **堯舜：**傳説中的上古賢君，孔子心中的聖賢典範。

6 **猶病：**猶，尚且。病，擔憂。指尚且感到難做到。

7 **立：**立身。

8 **達：**通達、揚顯。

9 **方：**方法。

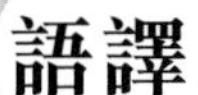

語譯

子貢問：「有一個字可以用來終身奉行的嗎？」孔子回答說：「那就是『恕』這個字了！意思是自己所不願意承受的事情，不要加諸別人身上。」

仲弓問什麼是仁。孔子說：「出門如同接待貴賓一樣，差使人民如同承擔大祭典一樣。自己所不願意承受的事情，不要加諸別人身上。這樣做就能為國家辦事沒有怨恨，處理家中事情沒有怨恨。」

孔子說：「參啊！我的學說貫徹着一個宗旨。」曾子說：「是。」孔子走出去，別的學生問曾子：「這是什麼意思？」曾子說：「老師的學說，只是忠和恕罷了！」

子貢說：「如果有人能廣泛地給百姓很多好處又能周濟大眾，怎麼樣？可以算是仁人嗎？」孔子說：「豈止是仁人，必定是聖人了！堯、舜尚且感到難做到呢！仁人，就是自己想立身而也要幫助別人立身，自己想顯達而也要幫助別人顯達。凡事能設身處地的將心比己，推己及人，可以說是實行仁的方法了。」

單音詞小知識

漢字是一個字讀一個音節的，而在古代漢語中，每一個字都有意義，所以通常獨立一個字就能成為一個詞，稱為單音詞。雖然古漢語中也有由兩個字組合成詞，即雙音詞，但數量相對較少；這與現代漢語大多數都是雙音詞不同。

由於日常閱讀、用詞習慣不同，閱讀文言文時，單音詞總令人不知所措，甚至鬧出笑話，將文言的單音詞誤讀成白話文的雙音詞，例如在〈桃花源記〉中「率妻子邑人來此絕境」，句中「妻子」的「妻」指「妻子」，而「子」則是「孩子」，是兩個單音詞放在一起，包含兩個意思，而並非現代漢語中常用的「妻子」。

遇上單音節詞，可為它配上另一個字，以構成現代漢語中的詞彙，如「止」，配成「停止」;「富」配成「富貴」;「疑」配成「懷疑」等。配詞時如未能知道意思，可按上文下理，用現在常用的詞語來解釋，如〈賣油翁〉中「公亦以此自矜」,「矜」是「高傲」的意思,「自矜」就是高傲自負。

單音詞練習

請把句中單音詞改成現在常用雙音詞。

1. 子貢問曰：有一言（　　）而可以終身行（　　）之者乎？

子曰：其恕（　　）乎。己（　　）所不欲，勿施（　　）於人（　　）。」

2. 仲弓問仁，子曰：出門如見大賓（　　），使民（　　）如承大祭（　　）。己所不欲，勿施於人。在邦無怨（　　），在家無怨。

3. 子曰：「參乎！吾道一以貫（　　）之。」曾子曰：「唯。」子出，門人問曰：「何謂也？」曾子曰：「夫子之道（　　），忠恕而已矣！」

4. 子貢曰：「如有博（　　）施於民而能濟（　　）眾，何如？可謂仁（　　）乎？子曰：「何事於仁，必也聖乎！堯舜其猶病諸！夫仁者，己欲立（　　）而立人，己欲達（　　）而達人。能近取譬（　　），可謂仁之方（　　）也已。」

答案：

1. 言語、實行、寬恕、自己、施加、別人。
2. 賓客、人民、祭祀、怨恨。
3. 貫通、道理。
4. 廣博、救濟、仁愛、建立、顯達、譬喻、方法。

學生文選

愛人要顧及別人的感受，看見別人有需要，亦會伸出援手。以下是兩篇與此有關的作文，可參照文題寫作。

1. 一次助人的經歷

拔萃小學　小五　黃海亮

上月，我在地鐵車廂裏看見一個老人家正在顫顫巍巍地走進車廂。放眼望去，他白髮蒼蒼並且佝僂着背，身體虛弱得很。

我看看當時車廂內的乘客，他們都袖手旁觀，有些人在裝睡，有些人在玩手機，有些人在談天說地。真正的「目中無人」就是他們，他們瞥了老人家一眼就幹別的事去了。此時，我請那個老人家過來，立即把座位讓了給他。

此時此刻，其他乘客看見了我的一舉一動，都面紅耳赤地低下頭，老人家面帶微笑地說：「小朋友，你真好，懂得讓座。」我回答說：「沒關係，舉手之勞而已。」這時其他乘客都羞愧得想找個洞鑽進去。

這件事令我學會了「助人為快樂之本」的道理，意思是幫助別人是快樂的起點。

2. 一個實踐不到的承諾

拔萃女書院　中一　陳熹培

我有一個實踐不到的承諾，因為它影響了我和我的最好朋友的友誼，令我感到很後悔，因為我沒有重視我們之間的承諾，作出了一個錯誤的抉擇。

還記得有一年，我參加了班際音樂比賽，而每年勝出的學生就會在校長和她的朋友面前演出。今年僥倖地贏了這個比賽，我感到十分高興，因為在校長和她的朋友面前演出是一個難得的機會。

可是有一天，我的好友小欣想約我在演出的當天一起吃午飯，我很快就答應了她，完全忘記了要演出的事情。但到了吃飯前的一天才想到要去演出，當時我不知所措，不知道應該去演出還是和小欣吃飯。

在這時候，我突然聽見一把聲音在我耳邊說：「去演出吧！這是一個很難得的機會。」然後有一把很溫柔的聲音說：「不，當然去吃飯，否則你的好友會很生氣。」然後又有一把低沉的聲音說：「當然不會，你的好友知道你是有原因才不能跟她吃飯，一定不會生氣⋯⋯」我覺得低沉的那把聲音說得十分有道理，小欣該不會生氣的，所以我便決定去演出。

但是後來小欣卻非常生氣，因為我沒有實踐承諾而跟我絕交，令我之後每天午飯時候都變得十分孤獨，沒有人跟我談天說地，而她卻認識了更多朋友，變得更開心。唉，失去了好朋友的生活真是很辛苦啊！都怪我自己沒有作出正確的決定。

經過這次之後，我十分後悔，因為沒有好好珍惜朋友，更沒有在她的觀點看這件事，所以我之後會好好珍惜新朋友，更會重視他們，還會好好地實踐每一個承諾。

第五課：立己立人

感同身受

首先要說說：這個常用四字詞應該是「感同身受」而不是「身同感受」，「感同身受」原意是指心裏很感激，就像自己親身領受到一樣，亦指看到別人的情緒起落，感覺就像自身同樣承受，即看到別人或喜或悲，自己也會有同樣的感受。

小朋友都很聰明，他們能感受到別人的喜怒哀樂，那麼，就請他們認識和累積一些描寫別人喜怒哀樂的情感的詞語，這對寫記敍文、人物描寫的文章，甚至將來寫抒情文也很有幫助。

寫快樂的如：樂不可支、喜出望外、眉開眼笑……；寫憂愁的如：愁眉不展、憂心忡忡……；寫憤怒的如：怒不可遏、怒氣沖沖……；寫恐懼的如：驚慌失措、大驚失色……；寫悲哀的如：悲從中來、悲痛欲絕……。單是寫悲哀、哭泣，也有不同的層次：哽咽、淚盈於睫、淚流滿面、淚如雨下、號啕大哭、呼天搶地等等。

我認為，小朋友多關心身邊人的感受，除了對寫作有幫助，亦能培養他們的同理心，更能提升他們待人接物的能力。

讓小朋友從小學習關心身邊人的感受，作為成年人的我們也懂得「己所不欲，勿施於人」、「己欲立而立人，己欲達而達人」的道理，躬行實踐，盡力和別人分擔、分享，那麼，我們的世界會變得不再一樣。

*　　*　　*

遇到困難時，你會怎樣面對？會逃避？會堅忍？還是積極想辦法解決？下面孟子的這篇文章，是和人生遇上困難、逆境有關的。

一、首先，他舉出了古代許多偉人也是出身卑微，從逆境中奮發取得成就的，你可以舉出其中三個本來是從事哪些工作的嗎？

舜從田野中興起，傅説從築牆的苦役中得到提拔，膠鬲從魚鹽買賣中得到選用，管仲由獄官手中得到選拔，孫叔敖從海邊選拔出來，百里奚從市場中獲得選拔。

二、你曾遇到過怎樣的艱難、困苦？是飢餓、勞累、身體或心靈受傷？孟子將這些艱難、困苦看成上天給我們的考驗，能夠通過這些考驗，上天就會讓他們承擔重大的使命。文中孟子説上天給偉人的考驗包括哪些？

上天將要把重大的使命交託給這個人，必定會先使他的意志困苦，使他的筋骨勞累，使他的身體忍飢捱餓，使他整個身子都備受窮困之苦，他做的任何事情總是受干擾而不能順利。

三、孟子指出上天給予這些偉人的考驗是有目的的，因為這些考驗可以提升他們的能力，令他們能擔重任。試舉出文中提到這些考驗的作用。

用此來觸動他的心志，令他的性情變得堅韌，增加他欠缺的才能。人經常犯過錯，然後才能改正。心中困苦，思慮被阻塞，之後才能奮發。顯露在臉色上，抒發在言語中，然後才能使人了解。

四、 説完上天給予人們考驗的作用，他再從反面指出如果沒有這些考驗，對個人甚至國家也沒有好處。請指出他在文中是怎麼説的。

國家中沒有遵守法度的大臣和輔助君主的士人，國家外沒有勢均力敵的國家和外患威脅，國家通常會滅亡。然後知道憂慮禍患能令人生存，而安逸享樂令人滅亡。

同樣地，在我們經歷過困難苦楚之後，才能明白身陷困境的人的感受，才會對窮困受苦的人感同身受，努力助人，以求立己立人、達己達人。下面看看孟子怎麼説。

文言文原文

《孟子·告子下》（節錄） 孟子

孟子曰：「舜發於畎畝[1]之中，傅說舉於版築[2]之間，膠鬲[3]舉於魚鹽之中，管夷吾[4]舉於士，孫叔敖[5]舉於海，百里奚[6]舉於市。故天將降大任於是[7]人也，必先苦其心志，勞其筋骨，餓其體膚，空乏其身，行拂[8]亂其所為，所以動心忍性，曾[9]益其所不能。人恆過[10]，然後能改。困於心，衡[11]於慮，而後作。徵於色[12]，發於聲，而後喻。入則無法家拂士[13]，出則無敵國外患者，國恆亡。然後知生於憂患而死於安樂也。」

註解

1 **發於畎畝：**發，興起。畎畝，田溝和田隴。指從田野中興起。

2 **傅說舉於版築：**傅說，傳說中商代時的賢人，因有罪受刑，在傅岩這個地方築牆。後來得到商王武丁提拔為相。版築，古代的築牆方法。

3 **膠鬲：**傳說是商紂的大臣，由周文王推薦給紂王。後來紂王暴虐，膠鬲投靠周武王，輔助武王伐紂。

4 **管夷吾：**即管仲，春秋時齊國公子糾的家臣。公子糾與公子小白（後來的齊桓公）爭奪王位失敗，公子糾逃亡魯國遭殺害，管仲亦被魯國押回齊國囚禁。後來管仲得到好友鮑叔牙引薦，成為齊桓公的宰相。

5 **孫叔敖：**春秋時楚國隱士，隱居海邊，後得到楚莊王提拔為令尹。

6 **百里奚：**春秋時虞國大夫，虞國被晉獻公所滅，百里奚被晉國俘虜，被晉獻公貶為給長女穆姬陪嫁的奴隸，百里奚逃亡流落楚國。後來得秦穆公賞識，從市井中用五塊黑山羊皮為他贖身，令他成為秦國的宰相。後世因此稱百里奚為「五羖大夫」。

7 **是：**這。

8 **拂：**違背、違反。

9 **曾：**同「增」，增加。

10 **人恆過：**恆，常。過，過錯。指人常犯的過錯。

11 **衡：**橫塞、阻塞。

12 **徵於色：**徵，表現、呈現。色，臉色。指表現在臉色上。

13 **拂士：**拂，輔佐。士，士人。指輔助君主的士人。

語譯

孟子說：「舜從田野中興起，傅說從築牆的苦役中得到提拔，膠鬲從魚鹽買賣中得到選用，管仲由獄官手中得到選拔，孫叔敖從海邊選拔出來，百里奚從市場中獲得選拔。所以上天將要把重大的使命交託給這個人，必定會先使他的意志困苦，使他的筋骨勞累，使他的身體忍飢捱餓，使他整個身子都備受窮困之苦，他做的任何事情總是受干擾而不能順利。用此來觸動他的心志，令他的性情變得堅韌，增加他欠缺的才能。人經常犯過錯，然後才能改正。心中困苦，思慮被阻塞，之後才能奮發。顯露在臉色上，抒發在言語中，然後才能使人了解。國家中沒有遵守法度的大臣和輔助君主的士人，國家外沒有勢均力敵的國家和外患威脅，國家通常會滅亡。然後知道憂慮禍患能令人生存，而安逸享樂令人滅亡。」

一詞多義小知識

古代的字詞數量較少，所以令到一個單音詞需要用來作多個解釋，產生一詞多義的情況。一詞多義即是一個詞有兩個或以上的意思，例如「足」可以譯成「腳」(《老子・六十四章》:「千里之行，始於足下。」)；可譯成「充足」(《論語・顏淵》:「子曰：『足食，足兵，民信之矣。』」)；也可解作「值得」(蘇軾〈留侯論〉:「其身之可愛，而盜賊之不足以死也。」)

一個詞之所以會有多個意義，原因是一個詞除了本身的意義，即本義外，還有引申義，即由本義引申發展而產生的意義，由詞的本義作為基礎，引申出許多個不同的意義。雖然如此，但是多個詞義之間，經常互相聯繫着，圍繞着一個中心。如「道」字，本義的「道路」，如《論語・泰伯》:「士不可以不弘毅，任重而道遠。」引申為達到道德的途徑，如《論語・里仁》:「子曰：『朝聞道，夕死可矣！』」又引申為正確手段、正當方法，如《論語・里仁》:「子曰：『富與貴是人之所欲也，不以其道得之，不處也。』」由一個本義作引申，然後又再作引申之後，詞的意義自然變得豐富。

一詞多義練習

請寫出句中具一詞多義的詞語的其他意思。

例子 1：本文中的例子：強字的一詞多義

知困，然後能自強也。

自強：強，讀上聲，意謂自我勉強。

(1) 蚓無爪牙之利，筋骨之**強**。(〈勸學〉) 強壯

(2) 策勳十二轉，賞賜百千**強**。(〈木蘭詩〉) 有餘

(3) 乃自**強**步，日三四里。(〈觸龍説趙太后〉) 勉強

例子 2：〈師説〉中的例子：師字的一詞多義

(1) 古之學者必有**師**。老師

(2) 巫、醫、樂**師**、百工之人。專門的技藝人

(3) 吾**師**道也。學習

(4) 於其身則恥**師**焉。拜師

1. **就**賢體遠，足以動眾，未足以化民。

就：親近、接近。

其他意義：成功、完成，如：「造就人才」、「功成名就」；從事，如：「就職」、「就業」。

2. 人不學，不知**道**。

道：道理。

其他意義：方法、道路。

3. 故曰：教學相**長**也。

長：長進、進步。

其他意義：長短、年長、增長、生長。

4. 知不**足**，然後能自**反**也。

足：足夠。

其他意義：滿足、值得、腳部。

反：反省。

其他意義：反轉、通「返」。

5. 發然後禁，則扞格而**不勝**。

不勝：承擔不了，不能忍受。

「勝」字的其他意義：勝過、勝利。

學生文選

以下分享幾篇學生的文章，請他們寫這個題目，是想他們多關心社會中的弱勢社羣，並且明白推己及人——「己所不欲，勿施於人」和「己欲立而立人」的道理，可參照文題寫作。

1. 一個拾紙皮的老人

拔萃女書院　中一　李諾穎

這天，我又看到她了，她又穿着那件滿是碎花的灰色破爛衣服和那條綠色的長褲。她白髮蒼蒼，有一雙炯炯有神的眼睛、憔悴的臉孔，從五官方面能看得出她年輕時嬌麗的樣貌。她，就是仁慈的陳婆婆，一個拾紙皮的婆婆。

每天放學，我都經過這條狹窄的街道，看到她的背影，就跑到她身邊幫她推盛紙皮的手推車。我經常問她：「你的兒子已經大學畢業了，還做了醫生，他這麼孝順，你為什麼還繼續拾紙皮？」她回答：「我想自力更生，如果我只靠着兒子的錢生活，我會變得頹廢。」

陳婆婆好像媽媽一樣嘮叨，常說：「你們這些小孩這麼幸福，要好好珍惜讀書的機會。」或「要把所有米飯都吃完，農夫種米是非常辛苦的，不要白費他們的努力。」

陳婆婆推着這大堆紙皮，一天最多只能賺二十塊錢，但有一次放學，我看到陳婆婆做出了非常值得尊敬的行為。有一個穿著名牌服飾的男子匆匆忙忙地跑過，一不小心，褲袋裏的幾張一百元紙幣掉了出來，而那男子一點也不察覺。陳婆婆立刻把那些紙幣拾起，向男子衝過去，不停喊着：「先生，先生！」我心想：陳婆婆，你不應該把錢還他呢！這一點錢對這位男士來説都沒什麼大不了，我才不還給他！

陳婆婆的品格真令我十分佩服，我覺得自己十分自私，而陳婆婆愈跑愈遠，但我只覺得她的身影愈來愈大。因為她一點也不自私，跟她比較，我真是太自私了！

2. 一個拾紙皮的老人

英華小學　小五　姚朗晞

我常常在學校附近看到一個拾紙皮的老婆婆，她身形矮小，佝僂着背，常常拄着拐杖在街上拾紙皮。只見這老人白髮蒼蒼、滿臉皺紋，她的衣衫襤褸，衣上還有很多補丁，但她面上經常掛着和藹的笑容。她經常穿着一對有幾塊補丁的名牌運動鞋，鞋子一大一小，顏色也有天壤之別，應該是在垃圾堆中拾來的吧！

老婆婆常常對拿着準備丟棄鋁罐、紙皮或報紙的人說：「請問你可以把這些給我嗎？」大部分人也會回答：「好呀！」然後把紙皮、鋁罐或報紙給她，但有些人會故意把這些東西丟進垃圾桶，讓她俯身在那裏撿拾。

別看她待人彬彬有禮的，她有時也會大發雷霆的。有一次，我不小心撞翻了一塊紙皮，她立即瞪大眼睛，大罵我說：「何方人士，敢動本人的紙皮？立即給我拾起它！」

這個老婆婆常常在貨車拆箱時問那些人可不可以拿那些包裝的紙皮，然後便把拾到的紙皮用刀剖開。她剖開紙皮後，便會把它們疊起，再用尼龍繩把它們綑起來，灑了些水在上面之後，便把「製成品」放到手推車上。短短的三分鐘，便完成了這麼多功夫，真是身手麻利。

這個老婆婆生活艱苦，常常推着滿車也是紙皮的手推車到環保收集站，但只能得到十多元，只能買到一個豬仔包。可是，她不願意收別人的贈款，也不肯申請政府的綜援，大概是因為她想自力更生吧！

3. 一個拾紙皮的老人

香港培正小學　小五　林慧媛

我常常在家附近的公園見到一個拾紙皮的老人家。我想他大概是六十多歲吧！他滿面都是皺紋、衣衫襤褸，經常拄着拐杖、佝僂着背地走路。

這位老人家非常有禮貌，每次我經過，他都會跟我打招呼：「你好呀！」無論他是否認識那個人，都會很有禮貌地跟別人打招呼，他真是個好叔叔呢！

有一次，他不小心掉了一些紙皮在地上，卻沒有發覺，於是我和弟弟便幫他拾回那些紙皮。當他看見我們這樣做的時候，便說：「你們這樣做我真的非常感動，也很謝謝你們，但恐怕會把你們的手弄得髒髒的。」但我們毫不介意，還幫他把手推車推到收紙皮的地方去。他不但沒有嫌我們麻煩，還很感謝我們呢！從此之後，我們也稱他做：「有禮貌叔叔」。

我覺得這個老人家非常值得我們尊敬，因為他寧願自食其力，也不要乞討別人的錢來生存。我相信除了我的外婆、外公之外，他是我認識的最好和最有禮貌的老人家。

4. 雞蛋與高牆

英華書院　中二　張智程

雞蛋，非常脆弱，只要你在碗上敲擊它，它的殼馬上會碎掉；高牆，可謂堅硬無比，不論你多大力打它，你都只會受傷和氣餒，不能撼動它分毫。雞蛋和高牆，猶如社會上的弱勢社羣和大財團。你希望成為一堵壓碎無數孕育生命的雞蛋的高牆，還是一隻在高牆前屹立不倒的雞蛋？

你可能會覺得：君子不立危牆之下，為何要當雞蛋呢？請你看一看這些例子：曾有一個在街邊拾紙皮的老人，她一推一拉，帶着兩車紙皮橫過馬路。一個穿整齊西服駕車的人打開車窗，伸頭出來大聲罵道：「走快一點啦！太陽快下山了。」那婆婆隨即說：「我那麼辛苦才勉強賺夠錢吃飯，你坐着卻能賺得十萬八萬元一個月……」但此話說完之際，那輛汽車已然離開。

雞蛋脆弱無比而高牆穩如泰山，所以選擇高牆亦是人之常情。但雞蛋又真的那麼脆弱嗎？以卵擊石，蛋當然會破掉；但以石擊卵，真的能令雞蛋破掉嗎？

曾有人把一大盒雞蛋排成樓梯形，然後踏上去，但雞蛋一枚都沒碎掉。早前內地修改有關廢物回收的法例後，回收商抗議並停收紙皮，紙皮放滿街上沒人回收，行人難以行走。沒有這些「雞蛋」，「高牆」還有立足之地嗎？由此可見「雞蛋」亦不是如紙張般軟弱。

「富者田連阡陌，貧無立錐之地」。香港貧富懸殊日益嚴重，導致高牆愈高雞蛋愈脆。雞蛋、高牆看似難以比拼，但積少成多，雞蛋其實是可以抗衡高牆的。

第六課：樂此不疲

我在老師的稱讚中找到快樂

「我在____之中找到快樂」是中學文憑試的寫作題目，我請學生作了，自己也試作一篇，因為最近遇上了有感而發的事。

中秋節前一夜的十二時多，收到中學老師傳來的圖，祝我中秋節快樂。太慚愧啦！老師已年六十有幾，還要他先祝福我，太慚愧了。慚愧之餘，看到他在遊行捐款給守護公義基金時和陳健民的合照，我告訴他我也有去遊行，也有捐款到守護公義基金，我一直記得他的教導：擇善而固執。

老師回覆我：好學生！加幾個拍掌的圖。

太開心了！快樂在於離開中學校園這許多許多年後，還一直和中學年代的老師保持聯絡，而且老師大病康復之後回復壯健，可到處去旅行。

快樂在於中學年代師承老師「自反而縮，雖千萬人吾往矣」的教導，之後，經歷這些年的物是人非、風風雨雨，仍然可以和老師談論時政，和老師仍然有相同的價值觀。

老師教中文、中史科，一直傳授學問也教學生做人，我在中學年代，受他的教導和幫助不少。最近茶聚，老師説自己雖然已退休，但仍和一些學生有聯絡。其中有幾個資優生患上了精神病，老師一直跟進他們、關心他們、時常打電話問候他們。知道其中一個有經濟上的需要，還呼籲他的同屆同學幫忙，結果一呼百應。

老師德高望重，歷屆的學生都和他保持聯繫。老師説：當教師這麼多年，沒賺到許多錢，最快樂的是學生都學有所成，在各個領域中貢獻社會。在各個領域都常遇見已成為專業人士的學生，他們為老師提供專業服務不肯收錢。老師説學生不肯收錢令他受之有愧，説時其實心中滿是欣慰之情。

學生對老師的感恩，除了噓寒問暖、輪流陪老師去覆診之外，還有一個當護士的學生剛巧和他住在同一幢樓，有什麼事可立即飛奔來幫忙。最近，學校第一屆畢業生的師兄師姐更和老師一起到廈門旅行，看到老師傳來的合照，感受到那數十年如一日的師生情。

被自己最尊敬的老師稱讚一句好學生，太開心了！雖然自己其實沒做過多少好事，但這會鼓勵我，成為我更努力教學生的動力。

常常有寫作班的學生家長對我說：小朋友學校的老師把他／她的作文改得體無完膚，令他／她失去了自信，失去了寫作的動力。我會盡力鼓勵他們，會把他們每一個都視作好學生，希望他們都能以寫作為樂，將寫作和上寫作班都視作樂事！

沒敢説要像最敬愛的老師一樣成為好老師，卻希望像他一樣以樹人為樂。

得到真正的快樂

來上寫作班的小朋友比我更忙，他們要忙做功課、忙溫習、忙考試、忙上興趣班、忙參加比賽……有時看到他們拖着疲憊的身軀來上課，我會於心不忍，真想跟他們說：「這麼辛苦不如在家休息吧！」跟朋友說起，他說：「就算他們不來上寫作班，也要上其他的課，不如讓他們開開心心上寫作班吧！」

這話啟發了我，從此努力令小朋友開開心心上寫作班，他們的笑聲，比他們作文取得高分數令我更有滿足感。希望若干年後，他們回望從前，會記得曾開開心心上過寫作班，我便於願足矣。

快樂的記憶，是我們戰勝困難的養分；快樂的盼望，是支持我們堅持到底的動力，希望快樂能夠成為小朋友的力量來源。

然而，要得到快樂也要有付出的。在電影《狂舞派》中有「為了跳舞你可以去到幾盡？」這句名言，意思是為了得到真正的快樂，你會付出什麼？對於「田園詩人」陶淵明來說，他最快樂的是順應自己喜愛大自然的本性，和家人、朋友一起享受田園生活。讓我們閱讀他的〈歸去來辭序〉，瞭解一下他為了得到真正的快樂付出了什麼，然後一起討論以下問題。

一、為什麼陶淵明要去做令自己不快樂的事？

他的家貧窮，種田不能夠自給自足。孩子很多，米缸裏沒有存糧，維持生活所需的一切，沒有辦法解決，親友大都勸他去做官。

（原文：余家貧，耕植不足以自給。幼稚盈室，缾無儲粟，生生所資，未見其術。親故多勸余為長吏。）

二、他做自己不喜歡的事時有什麼感受？

過了一些日子，他便產生了留戀故園的懷鄉感情。因為他本性任其自然，這是勉強不得的；饑寒雖然來得急迫，但是違背本意去做官，身心都感到痛苦。過去他為官做事，都是為了吃飯而役使自己。於是惆悵感慨，深深有愧于平生的志願。

（原文：及少日，眷然有歸歟之情。何則？質性自然，非矯厲所得；饑凍雖切，違己交病。嘗從人事，皆口腹自役。於是悵然慷慨，深愧平生之志。）

三、為了尋求真正的快樂，他放棄了什麼？

一份能夠支持他和家人生活的安穩工作。

四、由違反自己的意願到跟隨自己的意願，他用了哪些語句形容自己的心情？

違反自己的意願：眷然有歸歟之情。……悵然慷慨，深愧平生之志。

跟隨自己的意願：因事順心，「順心」二字表達了他的心情。

五、他追求的快樂是什麼？

文中只提到他質性自然，其實，在他的〈歸去來辭〉中就寫出了自己的快樂：「引壺觴以自酌，眄庭柯以怡顏。倚南窗以寄傲，審容膝之易安。園日涉以成趣，門雖設而常關。策扶老以流憩，時矯首而遐觀。雲無心以出岫，鳥倦飛而知還。景翳翳以將入，撫孤松而盤桓。」那是一種自由自在的田園生活，且可和家人歡聚忘憂。

文言文原文

〈歸去來辭序〉 陶潛

余家貧，耕植不足以自給。幼稚盈室[1]，缾[2]無儲粟，生生所資[3]，未見其術[4]。親故多勸余為長吏，脱然[5]有懷，求之靡途[6]。會[7]有四方之事，諸侯以惠愛為德，家叔以余貧苦，遂見用於小邑[8]。于時風波未靜，心憚[9]遠役。彭澤[10]去家百里，公田[11]之利，足以為酒，故便求之。及少日，眷然有歸歟之情[12]。何則？質性自然，非矯厲[13]所得；饑凍雖切，違己交病[14]。嘗從人事，皆口腹自役。於是悵然慷慨，深愧平生之志。猶[15]望一稔[16]，當斂裳宵逝[17]。尋[18]程氏妹喪于武昌，情在駿奔[19]，自免去職。仲秋至冬，在官八十餘日。因事順心，命篇曰〈歸去來兮〉。乙巳歲[20]十一月也。

註解

1 **幼稚盈室：**幼稚，孩子。盈，滿。指孩子很多。

2 **缾：**同「瓶」，儲糧的陶器，如甕、缸。

3 **生生所資：**生生，第一個「生」字是動詞，第二個「生」字是名詞，維持生活的意思。資，依靠。指欠缺維持生活所需的依靠。

4 **術：**方法、辦法。

5 **脱然：**不經意的樣子。

6 **靡途：**靡，無。指沒有門路。

7 **會：**適逢、剛巧。

8 **見用於小邑：**見用，被任用。邑，城市、城鎮。指被任用到小縣做官。

9 **憚：**害怕。

10 **彭澤：**縣名，今江西省湖口縣東。

11 **公田：**地方政府提供官員俸祿的田地。

12 **眷然有歸歟之情：**眷然，思戀的樣子。歸歟，回去。指思戀地產生歸家的心情。

13 **矯厲：**厲，同「勵」，勉強。指矯揉造作。

14 **違己交病：**違己，違背自己。交病，身心痛苦。指違背本意做官而令身心痛苦。

15 **猶：**還。

16 **一稔：**稔，莊稼成熟、收成，穀物一年大約只有一次收成。指一年時間。

17 **斂裳宵逝：**斂裳，收拾行裝。宵逝，夜晚離去。指收拾行裝連夜離去。

18 **尋：**不久。

19 **駿奔：**駿，馬。指好像駿馬奔馳般急切。

20 **乙巳歲：**晉安帝義熙元年。

語譯

我家貧窮，耕作不能夠自給自足。孩子很多，米缸裏沒有儲糧，欠缺維持生活所需的依靠，沒有維生的辦法。親友大多都勸我做官，不經意地有了做官的念頭，但沒有門路求取官職。恰巧地方勢力之間有戰爭，地方軍閥憑愛惜人才作為德政，叔父因為我家境貧苦，於是我被任命到小縣做官。當時國家動盪戰爭未平息，心感懼怕到遠方做官。彭澤縣離家一百里，官府田地的糧食俸祿，足夠釀酒飲用，所以就請求這個官職。等到過了不久，思戀地產生歸去故鄉的感情。為什麼呢？我本性順應自然，不是矯揉造作、勉強自己能做到的；饑寒雖然迫切，違背本意做官卻令身心痛苦。曾經出仕做官，都為滿足口腹所需而役使自己。於是惆悵感慨，深深愧疚辜負平生的志向。還望過上一年，應當收拾行裝，連夜悄悄離去。不久，嫁給程氏的妹妹在武昌離世，奔喪的情感如駿馬奔馳般急切，自己請求免除官職。由秋天八月到冬天，做官共八十多天。因為辭官歸田的事順應了心願，寫作文章命名為〈歸去來兮〉。乙巳年十一月。

古｜今｜詞｜義｜小｜知｜識

事物隨着時代發展而不斷改變，語言也隨之而變，許多古代的詞語發展到現代，詞義早已有所改變，形成古今詞義的差異。這種詞義的轉變不限於古代和現在，即使是古代不同時期中，詞義也有不同。

由於詞義轉變，平日閱讀文言文時，便難以了解文章的意思。其實古今詞義的改變有幾個規律，了解當中規律就會易於掌握。

1. **古今詞義相同**：如「疾」字，古義和今義都有疾病或速度快的意思。

2. **古今詞義不同**：如「涕」字古義是眼淚，今義則是鼻涕；又如「購」字古義是懸賞通緝、僱用聘請，今義則是買東西的意思。

3. **古代使用而現代沒有的詞義**：如「汝」古義是你，現在已經沒有使用；「刖」古義是砍掉雙腳，現在也沒有使用；又如「亦」古義可以指人的腋下，但現在只有也、又的意思。

4. **古今詞義有同有異**：這源於古代詞義的擴大、縮小，如《孟子·滕文公》：「水由地中行，江、淮、河、漢是也。」當中的「河」和「江」分別指「黃河」和「長江」；但在現代漢語中，詞義擴大，「河」是河流的通稱，「江」則是比一般河流大的水之通稱。

古今詞義練習

練習中提供了文句中的詞語在古文中的意義，請把這些詞語現在的常用意義寫出來。

例：于時**風波**未靜

風波

古義：指戰亂。今義：風浪，常用來比喻糾紛或亂子。

1. **尋**程氏妹喪于武昌

尋

古義：不久。今義：

2. 悅**親戚**之情話

親戚

古義：內外親戚，包括父母和兄弟。今義：

3. 悅親戚之**情話**

情話

古義：知心話。今義：

4. 於是悵然**慷慨**

慷慨

古義：感慨。今義：

5. **恨**晨光之熹微

恨

古義：遺憾。今義：

6. 將**有事**於西疇

有事

古義：指耕種之事。今義：

7. **幼稚**盈室

幼稚

古義：小孩。今義：

8. 知來者之可**追**

追

古義：挽救，補救。今義：

9. 策**扶老**以流憩

扶老

古義：拐杖。今義：

10. 既**窈窕**以尋壑

窈窕

古義：幽深曲折的樣子。今義：

答案：

1. 尋找、追尋。
2. 與自己有血緣關係的人。
3. 表示情感的話。
4. 指大方的行為。
5. 仇恨。
6. 指事情發生。
7. 指不成熟的做法。
8. 追趕，追求。
9. 扶着老人。
10. 女子的身形美好。

學生文選

下面是一些關於快樂的文章，可參照題目寫作。

1. 我在上學之中找到快樂

拔萃女書院　中一　李諾穎

我一直認為上學是一件沉悶的事，我也沒有感情要好的同學，但從五年級的某一天我在學校中找到快樂，令我感受到上學的樂趣，變得開朗起來。

記得在五年級的一天，我乘着爸爸的新車上學，帶着納悶的心情上課。上課時，老師告訴我們每人都會收到一部平板電腦，作為學習的工具。我興奮極了，立刻把平板電腦開啟，嘗試它神秘的功能。

小息時，到小食區買食物途中，我看到一個坐輪椅的同學被一個頑皮的同學推跌，我立刻上前制止那同學的無禮舉動，把坐輪椅的同學扶起。他非常感激，向我連聲道謝。我因而也心情愉快地度過這小息。

上課時，老師教我們用平板電腦玩遊戲。課室的電腦屏幕顯示出問題，然後我們用平板電腦回答。老師派了一篇文章給我們看，然後囑我用平板電腦回答問題。最後，老師説我在這閱讀理解中得分最高，我再一次感到快樂。

中午很快就到了，我迫不及待地拿飯盒出來，但發現我忘記了帶飯盒，我正感到失落的時候，剛才那個坐輪椅的同學把一盒飯菜拿到我面前，說：「謝謝你剛才幫助了我！」說完便離開。我看着手裏的飯盒，既感激又快樂，這是我這天第三次感到快樂。自此，我便很喜歡上學。

從此以後，我在上學之中找到了快樂，因為我找到了學習的樂趣，也有要好的同學和我一起分享這樂趣。

2. 我在旅行之中找到快樂

高主教書院小學部　小四　黃鈞亮

我在旅行之中找到快樂，因為去旅行可以見識更多東西，而且可以享受和家人相處的時間。

有一次，我們一家人一起去泰國清邁旅遊。首天，我們去了一間按摩店按摩，真的很舒服。然後，我們到白廟和藍廟去參觀，裏面又宏偉又漂亮。第二天，我們到長頸村去和長頸族拍照。最後一天，我們在酒店的私人泳池游泳，真開心。

又有一次，我和爸爸媽媽到日本的北海道遊玩，我們去了很多地方。我們首先去了一間日本料理店吃壽司，給我最深刻印象的是我當了那些芥辣是雪糕，吃了一大口才發現原來那些雪糕是芥辣來的，令我和爸爸媽媽都哭笑不得。

我在旅行之中得到了很多快樂，我希望你們也會喜歡去旅行。

3. 我在拍片和玩電腦遊戲之中找到快樂

循道學校　小六　吳敬天

我在拍片和玩電腦遊戲之中找到快樂，因為電腦遊戲機中有很多不同遊戲玩，而我也可以與朋友一起連線玩遊戲，所以我很喜歡玩。我有時會拍攝我玩時的片段，放到網上，然後給人觀看。

我常常玩的一些遊戲有：我的世界、機械磚塊、部落衝突等遊戲，我曾經拍過機械磚塊和 C.A.T.S 這兩種遊戲，現在我的頻道上總共有二十二位訂閱者！我也有時玩一些益智的遊戲，例如數獨、數字塊等。

有一次，朋友來我家玩，我就與他一起拍片，然後放到網上給人看。那次我正在直播，全部人可以觀看我玩遊戲時的情況，當時大約有二十個人在觀看我的直播。

另一次，我正在拍片時，妹妹突然衝進了我的房間，大聲問我：「電視遙控器在哪裏？」我立即停止錄影，然後說：「安靜呀！吳愛天！」可是，我按錯了鍵，錄影不但沒有暫停，我還按了「開始直播」呢！我當時不知道，還罵了她幾句！第二天，我的好同學才告訴我錄製了這段片段。當我回家想刪除這片段時，發現觀看次數已經有三十六次了！

我真不幸，但有時也很好運啊！這段片段已流傳到世界各地，他們應已忘記了，但無論如何，我也會在拍片段和玩電腦遊戲之中找到快樂。

4. 我在吃白糖糕中找到快樂

拔萃小學　小五　黃海亮

我在吃白糖糕中找到快樂，在這幾乎失傳的懷舊小食中品嘗到淡淡的甜味和酸味，這種賣相和味道與馬拉糕相似的糕點是我快樂的來源。

有一次，奶奶、爸爸、媽媽和我一起去荃灣的某街市購物。媽媽和我、奶奶和爸爸「兵分兩路」去購物。奶奶知道我最愛吃甜的食物，就特意去了一間糕品店，店裏有砵仔糕、芝麻糕、白糖糕……種類多不勝數。

奶奶左挑右選，最終選了白糖糕。我嚐了一口白糖糕後覺得是很好吃的人間極品。回家後請兩位姐姐吃，她們都覺得太酸了，不好吃，就給了我吃。

我邊吃邊想：姐姐們真的不懂欣賞白糖糕嗎？甜甜的味道中夾雜了酸味不好吃嗎？也許，她們真的不懂欣賞白糖糕，或許，一切都是我的味蕾失靈的緣故！

白糖糕柔軟，是觸覺上的美；它有大大小小的孔，是視覺上的美；甜中帶酸，是味覺上的美。白糖糕已在人的記憶中失去了蹤影，很多人都忘了它的存在，但白糖糕喚醒了我在味覺上的快樂。

5. 一家人共度的快樂時光

嘉諾撒聖家(九龍塘)學校　小五　趙子晴

每當我看到媽媽手上的戒指時，我的腦海裏便會浮現出今年的十月一日發生的一件事……

十月一日是國慶，也是爸媽的結婚週年紀念日，爸爸媽媽帶我們到金鐘的一間酒店去慶祝。還記得那一天媽媽叮囑我和妹妹要空着肚子去，由於我真的十分肚餓，所以我一到那裏便迫不及待地夾東西吃，拿到的食物堆得像一座山那樣高呢！

當我在吃東西時，爸爸突然拿出一個紅色的小盒子，還嚷：燈燈燈凳……雖然我和妹妹都不知道那個小盒子裏面是什麼來的，但我們看見爸爸那滑稽的樣子，都笑得前仰後合。當爸爸打開那個小盒子，忽然有一道強烈的光芒射向我們，原來那是一隻戒指呢！我們便將視線轉移到媽媽身上，只見媽媽先是目瞪口呆，後是眉開眼笑，於是我們幫爸媽照了幾幅照片。

這一天真是一個歡聚一堂的好日子呢！我和妹妹都已經在構思下一年要送什麼禮物給爸媽了 。

6. 一家人共度的快樂時光

香港培正小學　小五　林慧媛

上星期五，期中考試終於完了，剛好聖誕假期開始了，所以爸爸媽媽便提議帶我和弟弟到動物園參觀，我們也一致贊成。

到達動物園後，我們先去爬蟲館參觀。在去爬蟲館的路上，我們看見旁邊有很多動物，例如大象、猴子、老虎、獅子等等，令我們目不暇給。

終於到達爬蟲館了！那裏有許許多多的爬蟲類動物，而弟弟最喜歡的就是大鱷魚了。牠時而休息，時而吃東西，動態千變萬化。那裏還有超過一百條大蟒蛇呢！牠們蠕動時的有趣動態逗得弟弟捧腹大笑。

之後，我們還到了駱駝屋參觀，住在「石屎森林」中的我，對此感到興致勃勃。我看見駱駝屋裏有兩隻駱駝，一隻的皮毛是深黃色的，另外一隻是深啡色的。於是我和弟弟便問爸爸：「為什麼這兩隻駱駝的皮毛顏色不同呢？」爸爸便回答：「因為有一隻是來自埃及的，而另外一隻是來自非洲的。」聽了爸爸的解釋，我們終於明白了，然後，爸爸便替我們和駱駝拍照。

到了黃昏，我們到動物園裏的一間餐廳吃晚飯，大家都吃得津津有味。當爸爸看見碟上只剩下一塊咕嚕肉的時候，他便將那塊咕嚕肉夾了給我，因為他知道我喜歡吃咕嚕肉。那一刻，我真是感到既溫暖又溫馨。最後我們便依依不捨地離開了動物園，那天真是十分難忘啊！

7. 一家人共度節日的快樂時光

合一堂學校 小四 陳彥同

我最喜愛的節日是中秋節，你知不知道中秋節的來源？中秋節的故事是：從前有十個太陽，太熱了！有一個名叫后羿的男人，他用弓箭射下了九個太陽。天神給了他一顆吃了會長生不老的藥丸，他的妻子嫦娥吃了便飛上了月亮。

在中秋節，我們會一邊賞月一邊吃水果和月餅，小朋友還會玩燈籠。每一年我和我的表弟都會一起玩燈籠和吃月餅。在中秋節的第二天，我們會有一天假期。

中秋節的氣氛和新年不一樣，我和家人一起慶祝中秋節的時候，氣氛十分熱鬧，我們會在家裏吃月餅和水果。

我喜歡中秋節和新年，但是為何我最喜歡中秋節呢？其實是因為新年比較熱鬧和嘈吵，也因為我十分喜愛賞月，你又喜歡哪一個節日呢？

第三部分：

【創意無限】

第七課：故事新編

教小朋友寫作的三個步驟

一、學習寫作的第一個步驟——模仿

這次想和大家分享的是教小朋友寫作的三個步驟 ，那是： 模仿、改錯和提升。

首先說的是模仿，那當然是讓小朋友多閱讀好文章。只讀學校教科書的課文是不足夠的，還需多讀課外的好書、好文章。

一位家長對我說她教孩子讀朱自清的〈背影〉，但孩子卻怎樣也不明白文章裏要表達的感情。我對她說：「〈背影〉中表達的感情頗複雜，其中有喪親、愧疚及生離死別之情，一般小學階段的小朋友是難以明白的，所以這通常是中學才教的課文。對只有小學三、四年級的小朋友解釋其中深意，就算他們能在理性上明白，也不能在感性上了解，那就有點兒揠苗助長了。」

當時這位家長問我那麼應該給孩子看什麼書？我答當然最好是合乎孩子的年齡和程度的，然後她請我推薦一些書，我一時想不到，現在想到了。突破出版社出版的阿濃先生的書都大受學校的師生歡迎，其中《老井新泉》、《當好學生遇上好老師》、《幸福窮日子》、《本班最後 1 個乖仔》等也是我大力推薦的，當然家長想選突破出版我寫的書指教一下，我也十分歡迎。

多閱讀好文章，孩子就能消化、模仿，在我教的學生當中，文章寫得最好的學生常常是愛閱讀的學生。

二、學習寫作的第二個步驟 —— 改錯

現在談第二個步驟 —— 改錯。學生在學校作文，老師會在批改後要他們改正，但許多時只限於改正寫錯了的字、用錯了的詞語。其實老師在批改文章以後，要指出小朋友用錯了的寫作方法、修辭方法、標點符號、文章分段、創意謀篇、選材及剪裁等等方面的錯誤，之後不斷提醒他們不要重複犯錯，他們能做到「不貳過」，就會有長足進步。

我從前做過中學語文教科書的編輯，教科書的內容不能錯，對編輯、校對的要求很高，同一篇文章校對十多二十次是等閒事，由是學會了嚴謹的校正、改錯心得。之後，在一間出版社擔任總編輯，親自編校過許多名作家的作品，那是寓編校於學習了。其後，但凡公共圖書館、學校、機構等邀請我做徵文比賽的評判，只要時間許可，我也樂於擔任，那是因為學無止境，想更豐富自己的評審學養，以利於更好地教學生、更專業地評改學生的文章。

三、學習寫作的第三個步驟——提升

相信無論是小朋友或家長，在參加一些課程時，也曾有過這樣的經歷與感受——這些我都已經學過且運用自如了，就不要重複再教了吧？這會窒礙了我的學習進度的。

誠然，經過了模仿、改錯之後，有了不錯的寫作水平，就可以進入提升的階段了，但在這階段是否就代表不應該再重複學習從前學過的，甚至寫從前已寫過的題目呢？我認為未必。

根據我到過六十多間中學教寫作班的經驗，有些學生以為一些寫作方法在學校課堂上學過了，便不用再學，但其實只是一知半解且不懂運用。對於虛心學習的學生而言，重複學習從前學過的，便能打穩基礎，運用得更得心應手；對於懂得因材施教的老師而言，他們會因應學生的程度提高對他們的要求，給予應有的輔助加快他們的進步。

四、「言之不文，行之不遠。」

有些家長很擔心小朋友的作文中有口語化的情況，也有些家長認為普通話說得好的小朋友作文也一定好，那豈不是說普通話的都是作家？

我也曾認真思考這個問題，話說有一次，有一位家長用 WhatsApp 問我是否用普通話教寫作，我答不是，以為家長不會為小朋友報讀了。誰知小朋友還是來了上課，原來她和媽媽都是說普通話的。

用廣東話授課的課堂雖然令小朋友不太適應，可是她還是專心、認真地上課，文章也寫得十分通順。有一次，小朋友的家長對我說：「老師說她寫的文章有點口語化，請你指導她改正。」

那一刻，我的額角一定滴下了豆大的一滴汗 —— 說普通話的小朋友的文章被老師批評口語化的問題該如何解決呢？

家長對課堂有更高的要求，我就應該努力構思更好的教學方法。苦思良久之後，我想到：「言之不文，行之不遠。」這句話，自此，在課堂上加強寫作方法、修辭方法、詞語運用、遣詞造句等的訓練，務求用寫文學作品的心態去教學生。

由是，教學相長，我十分感激這位家長和學生給予我改善教學方法的機會。

古文中的寓言故事寫得生動有趣，值得我們閱讀和仿作，我們更可發揮創意改寫這些故事，以下我們先讀幾篇寓言故事。

文言文原文

〈鄭人買履〉

鄭人有欲買履[1]者，先自度[2]其足，而置之其坐。至之市[3]，而忘操之。已得履，乃曰：「吾忘持度[4]，反[5]歸取之。」及反，市罷，遂不得履。人曰：「何不試之以足？」曰：「甯[6]信度，無自信也。」——《韓非子．外儲說左上》

註解

1 **履：**鞋。

2 **度：**量度。

3 **市：**市集、市場。

4 **度：**作名詞用，指量度好的尺寸式樣。

5 **反：**通「返」，指返回。

6 **甯：**通「寧」，寧願。

語譯

鄭國有個人想買鞋子，他首先量度自己的腳的尺寸，然後把量度好的尺寸式樣放在座位上。等他到了市集，卻忘記帶上尺寸樣式。他已找到要買的鞋子，於是說：「我忘記帶尺寸式樣，返回家中取過來。」等到他返回市集，市集散了，於是買不到鞋子。有人跟他說：「為何不用自己的腳試一試？」他說：「寧願相信尺寸式樣，也不相信自己。」

文言文原文

〈守株待兔〉

宋人有耕田者，田中有株，兔走觸株[1]，折頸而死，因釋其耒[2]而守株，冀復得兔，兔不可復得，而身為宋國笑。今欲以先王之政，治當世之民，皆守株之類也。——《韓非子・五蠹》

註解

1 **觸株：**觸，踫撞。指撞到樹樁。

2 **釋其耒：**釋，放下、擱置。耒，古代的耕作工具，用手推耕的犁。指放下農耕的工作。

語譯

宋國有個耕田的人，他的田地中有一株樹樁，有隻兔子逃走時撞到樹樁上，撞斷頸項而死掉。於是他放下鋤頭而天天守在樹樁旁，希望再得到死兔子。（終於他）沒有再得到兔子，自身反而被宋國人嘲笑。現在想用先王的政策，治理現今世代的人民，都是如同守株待兔的人一樣。

文言文原文

〈刻舟求劍〉

楚人有涉[1]江者，其劍自舟中墜於水，遽契[2]其舟曰：「是吾劍之所從墜。」舟止[3]，從其所契者入水求之。舟已行矣，而劍不行，求劍若此，不亦惑乎？——《呂氏春秋・察今》

註解

1 **涉：**渡。

2 **遽契：**遽，急忙。契，刻，用刀雕刻。指急忙刻上記號。

3 **止：**停。

語譯

楚國有渡江的人，他的劍從船中掉進河裏，他急忙在船邊刻上記號說：「這是我的劍掉下的地方。」船停了，他從刻下記號的地方跳進水裏找劍。船已經航行了，但劍沒有隨船移動，這樣尋找劍，不也很糊塗嗎？

文言文原文

選文四

〈掩耳盜鈴〉

范氏之亡也，百姓有得鍾[1]者，欲負而走，則鍾大不可負，以椎[2]毀之，鍾況然[3]有音，恐人聞之而奪己也，遽揜[4]其耳。惡[5]人聞之可也，惡己自聞之，悖[6]矣。——《呂氏春秋・自知》

註解

1 **鍾：**通「鐘」，樂器。

2 **椎：**椎子，用來敲打東西的工具。

3 **況然：**形容鐘聲響亮。

4 **揜：**通「掩」，遮蔽。

5 **惡：**厭惡。

6 **悖：**違背情理。

語譯

范氏滅亡後，有人趁機得到他的一個大鐘，想背負着大鐘逃跑，但是鐘太大而不能背負，他用錘子敲碎它，鐘卻發出響亮的聲音。他恐怕別人聽到鐘聲而奪去自己的大鐘，急忙掩着自己的雙耳。厭惡別人聽到鐘的聲音是可以理解的，厭惡自己聽到鐘的聲音，這就太荒謬了。

文言文原文

選文五

〈自相矛盾〉

楚人有鬻楯[1]與矛者，譽之曰：「吾楯之堅，物莫能陷也。」又譽其矛曰：「吾矛之利，於物無不陷也。」或曰：「以子之矛，陷子之楯，何如？」其人弗能應也。夫不可陷之楯與無不陷之矛，不可同世而立。——《韓非子‧難一》

註解

1 **鬻楯：**鬻，賣。楯，同「盾」。指賣盾。

語譯

楚國有個賣盾和矛的人，他稱讚自己的盾說：「我的盾最堅固，任何武器都不能刺穿它。」他又稱讚自己的矛說：「我的矛最鋒利，任何物品沒有不能刺穿的。」有人說：「用你的矛刺你的盾，會怎樣？」這個人不能回應。不能夠被刺穿的盾和沒有物品不能刺穿的矛，是不可能同時存在的。

省｜略｜句｜小｜知｜識

一個句子的結構包含不同的句子成分，基本的句子成分有主語、謂語和賓語，如「我吃飯」中，「我」是主語，「吃」是謂語，「飯」是賓語；而較複雜的句子成分則有定語、狀語和補語，如「肚子餓的我快速地吃下飯」，「肚子餓的」是定語，「快速地」是狀語，「下」是補語。不過，在古漢語中經常出現句子成分省略的情況，原因是古代書寫不便，而有些字又難寫，所以就省了。另一個原因是古漢語缺少第三人稱代詞，所以為了避免重複名詞造成累贅的問題，多會採用省略的方法。

常見的句子成分省略有以下幾種：

1. **主語省略**：如《論語・里仁》：「富與貴是人之所欲也，不以其道得之，不處也。」這裏的「不處也」前面省略了主語「君子」，意思是「不用正確的方法得到富貴，君子是不會接受的」。

2. **謂語省略**：如《淮南子・説林訓》：「為客治飯，而自藜藿。」在「而自藜藿」一句中省略了謂語「做」或「煮」，意思是「為客人做好的飯菜，自己卻煮些野菜。」

3. **賓語省略**：如晁錯〈論貴粟疏〉:「聖王在上而民不凍飢者，非能耕而食之，織而衣之也，為開其資財之道也。」在「為開其資財之道也」句中省略了賓語「民」，意思是「是能替人民開闢他們財資的途徑」。

省略句練習

以〈歸去來辭序〉為例：

(1) 情在駿奔（省略主語「余」）

(2) 寓形宇內復幾時（省略介詞，寓形「於」宇內復幾時）

(3) 景翳翳將入（省略賓語，景翳翳將入「山」）

(4) 雲無心以出岫（省略介詞，雲無心以出「於」岫）

請在下文中的括號內補回省略了的句子成分。

1. 鄭人有欲買履者，先自度其足，而置之其坐。(　　)至之市，而忘操之。(　　)已得履，乃曰:「吾忘持度，反歸取之。」及(　　)反，市罷，遂不得履。人曰:「何不試之以足？」(　　)曰:「寧信度，無自信也。」

2. 天河之東有織女，天帝之女也，年年機杼勞役，織成雲錦天衣，容貌不暇整。天帝憐其獨處，許（　　）嫁河西牽牛郎，（　　）嫁後遂廢織衽。天帝怒，責令（　　）歸河東，許（　　　　）一年一度相會。

答案：

1. 鄭人、鄭人、鄭人、鄭人。
2. 織女、織女、織女、織女和牛郎。

學生文選

後面是兩篇發揮創意的作文，可參照題目寫作。

1. 鄭人買履的故事

英華小學　小五　姚朗晞

在春秋時代，有一個矮矮胖胖的鄭國人因為穿的鞋破了，想到市集買一雙漂亮的新鞋子，好讓自己可以在別人面前炫耀一番。究竟他是否可以順利買到新鞋子呢？請看看下文吧！

他先在家裏量度腳的尺寸，把腳形畫在紙上，然後量了量自己的腳該穿多大的鞋，再把尺寸寫在紙上。接着，他隨手把紙放在桌上，便歡天喜地地出門了。

他蹦蹦跳跳地跑到市集，到了賣鞋的攤檔前，檔主對他說：「歡迎！歡迎！請在這兒挑選你喜歡的鞋吧！」他卻說：「糟糕！我忘記帶量度尺寸的紙來！」說完便匆匆趕回家。可是，當他拿了那張紙回到市集時，市集已經收市了，他只能垂頭喪氣地走回家。

我覺得這人真笨，他應該當場用自己的腳試鞋啊！

2. 我是古人珍愛的一件物品，回憶過去，我曾陪伴他度過人生的高低起跌……

保良局羅氏基金中學　中三　施穎晉

我是古人諸葛亮珍愛的一件物品 —— 羽扇，回憶過去，我曾陪伴他度過人生的高低起跌……

記得一千多年前，我仍是一隻鳥身上的幾根羽毛。某一天，我被拔了下來，裝上了木頭車，我的人生就改變了。我被帶到一間屋中和其他羽毛堆放在一起，由師傅把我整合，再塗上顏色。自此，我的身分是羽扇，不再是羽毛了。我被賣了給一個看起來非常有智慧的年輕人，我的一生就注定要和他在一起了。

原來那年輕人名叫諸葛亮，他住在深山裏。每天主人都用我來搧涼，偶然唱一首歌、作一些詩詞，生活非常寫意。我也常陪伴主人看天下形勢圖，了解天下形勢。

但在多年後的一天，發生了一件事，令我的生活從此改變了。當我和主人在午睡時，門外有人敲門，主人看了一看就回去睡覺，指示書僮去打發客人走。過了不久，那人又來了，直至第三次，主人和他交談了一會兒，就和他下山，我也離開了優美的深山，到了城裏。

自此，主人每次出謀劃策和與人聊天時，都會不停搧我，令我很累。但看見主人多次打勝仗，每一次計劃都能成功實行，我也很開心。主人總是揮動着我指揮軍隊，令我感到倍受重用。就這樣過了十多年，國家換了新君主，主人的計劃不再那麼順利推行了。面對敵人勢力日漸強大，加上君主多次誤信讒言，我經常和主人被召回國都。敵人並不是那些有勇無謀的人，我經常看見主人對着地圖很久都想不出對策。

記得有一次，主人被逼到絕路，手上只有老弱殘兵，但敵方大軍又即將攻打我們。主人情急之下，將整個城弄到空無一人，只留下一個人在掃地。主人佯作悠閒，時而彈古箏，時而搧着我。我心裏在想：這次死定了，這種佈局根本無助防守。幸運的是主人的策略成功了，敵人最後因害怕中計而退兵離開，這也成了歷史上有名的「空城計」。

原來，雖然度過了人生的高低起跌，我的主人還是那個機智的人。

主人死後，我也被放到主人的身旁繼續陪伴他。直到現在，我仍在主人身邊，在武侯祠中受人參拜。他們都在談論我和主人從前的事蹟，祠的旁邊有大量我的複製品在售賣。我會繼續陪伴主人，和他一起萬世流芳。

第八課：

天馬行空

小朋友的寫作啟蒙老師 —— 媽媽

除了在教育中心教寫作班，我也有上門私人教授小朋友寫作的，通常是讀名牌小學但不愛讀寫中文或就讀國際學校的小朋友。小朋友的媽媽都對孩子的寫作表現非常緊張，其中不乏自己的寫作能力十分好的。

我是怎樣知道的？其一，因為在孩子交給我的作文中，有些內容和文字是孩子不可能寫得到的，小朋友也坦白承認是媽媽寫的。這時，我會告訴他：給的分數裏面，有四分之三是給媽媽的，只有四分之一是給你的。

其二，說來也慚愧，有時重看給孩子批改的作文，其中有一兩個錯字是我看漏了的，孩子的媽媽在旁邊寫上了正字，由此可知其中文程度也非常好。

因此，我當然鞭策自己更細心和多花時間批改作文。另一方面，也令我想到不少這麼關心孩子寫作表現的媽媽，其實就是孩子的寫作啟蒙老師，他們對孩子學習寫作上所起的正面作用，甚至比學校教師或寫作班的老師大。

既然媽媽可以是孩子寫作的啟蒙老師，那麼應該怎樣教呢？這正正是我想在這裏討論的。

有些家長會從各處找來不同程度的寫作題目，讓小朋友作，甚至自己替小朋友作，我認為這不是好方法。小朋友學寫作要循序漸進，就像賽跑一樣，家長只能做他們的教練，卻不能代他們跑。

至於怎樣才可以做孩子的教練呢？我認為小朋友學寫作，儲蓄養分是最重要的，寫作記敍文、描寫文、說明文也要儲蓄養分。那麼，除了多看中文書以外，有什麼方法幫助小朋友儲蓄養分呢？

最初步、最基本的第一課

怎樣為孩子儲蓄寫作養分呢？最初步、最基本的第一課，是讓他們多瞭解自己和身邊的人。多觀察就能多認識，也是儲蓄養分的第一步。

首先，當然要教小朋友寫五官及身體部分的字，由體形到面形、髮型到五官，先是高、矮、肥、瘦、眼、耳、口、鼻，然後是難一些的，有關面貌的如眼睫毛、眼瞼、劉海、辮子等等。(別以為這些很容易，學校的老師會教，我見過許多中學生也不會寫或寫錯的。)

之後，就是認識一些形容面貌的詞語，如目光炯炯有神、皮膚黝黑、杏目圓睜、滿臉笑容之類，甚至是形容老人家的白髮蒼蒼、滿臉皺紋、佝僂着背、精神矍鑠等等。

最後就是遊戲時間，請他們照照鏡子，描寫一下自己的容貌；請他們觀察爸爸、媽媽、兄姊弟妹、爺爺嫲嫲……然後逐一描寫出來，寫簡短的段落便可。

別小看這簡單的步驟，這將會為孩子寫記敍文和人物描寫的文章打好基礎。

關於喜樂、驚懼、哀傷、憤怒的四字詞

接續上一篇談及小朋友儲蓄寫作養分的文章，再談談除了初步要認識一些形容面貌的詞語，也要讓小朋友多感受身邊人的感受。讓小朋友感受到別人的喜怒哀樂，更可讓他們認識和累積一些描寫別人喜怒哀樂的情感的詞語，這對寫記敍文、人物描寫的文章，甚至將來寫抒情文也很有幫助。

下面提供一些關於喜樂、驚懼、哀傷、憤怒的四字詞，希望對小朋友的寫作有幫助。

喜樂

笑容滿面	笑逐顏開	心花怒放	興高采烈	歡蹦亂跳
載歌載舞	滿面春風	眉開眼笑	和顏悦色	歡天喜地
心曠神怡	神采飛揚	歡呼雀躍	笑容可掬	容光煥發
歡欣鼓舞	手舞足蹈	談笑風生	面帶微笑	破涕為笑
喜出望外	樂在其中	欣喜若狂	歡天喜地	轉悲為喜
喜氣洋洋	喜上眉梢	喜不自勝	皆大歡喜	喜形於色
眉飛色舞	洋洋得意	怡然自得	心滿意足	受寵若驚
樂以忘憂	樂也陶陶	怡情悦性	喜從天降	沾沾自喜
撫掌大笑	春風得意	興致勃勃	神采奕奕	大快人心
大喜過望	歡聚一堂	其樂無窮	樂不可支	樂不思蜀
樂此不疲	樂而忘返			

驚懼

不寒而慄	膽戰心驚	毛骨悚然	心急如焚	呆如木雞
措手不及	猝不及防	驚慌失措	心神不定	臨陣脱逃
驚惶萬狀	倉惶失措	小心翼翼	小心謹慎	魂不附體
喪魂失魄	張惶失措	自相驚擾	手慌腳亂	手忙腳亂
失魂落魄	魂不守舍	心緒不寧	戰戰兢兢	戰戰惶惶
驚慌失色	驚慌無措	狼狽不堪	六神無主	坐立不安
驚魂未定	手足無措	惶恐不安	怵目驚心	心慌意亂
忐忑不安	觸目驚心	心亂如麻		

哀傷

哀痛欲絕	抱頭大哭	大放悲聲	肝腸寸斷	泣不成聲
泣下如雨	如喪考妣	傷心慘目	痛哭流涕	痛心疾首
痛入心脾	泣數行下	淚流滿面	失聲痛哭	淚如泉湧
抱頭痛哭	天愁地慘	淚乾腸斷	黯然銷魂	悲不自勝
呼天搶地	痛入骨髓	觸物傷情	捶胸頓足	老淚縱橫
淒然淚下	泣涕如雨	情淒意切	涕泗縱橫	吞聲忍淚
引吭悲歌	撕心裂肺	萬念俱灰	愁雲慘霧	黯然神傷
心如刀割	哀思如潮	痛不欲生	慘絕人寰	悲從中來
切膚之痛	慘不忍睹			

憤怒

勃然大怒	怒髮衝冠	橫眉怒目	金剛怒目	疾言厲色
雷霆之怒	惱羞成怒	怒不可遏	怒從心起	怒火沖天
怒火中燒	怒目而視	怒目橫眉	怒氣沖沖	怒氣衝天
怒氣填胸	怒形於色	怒目切齒	遷怒於人	五內俱焚
大動肝火	拂袖而去	憤憤不平	憤世嫉俗	火冒三丈
令人髮指	義憤填膺	七竅生煙	同仇敵愾	天怒人怨
眥裂髮指	眾怒難犯	嗔目切齒	衝冠眥裂	怫然作色
火上加油	目眥盡裂	大發雷霆	氣急敗壞	怒目圓睜

後面選取了兩篇神話傳説故事，可在閱讀後運用前面説到的創作技巧，加入天馬行空的創意，寫成神話故事新編。

文言文原文

〈嫦娥奔月〉　干寶

羿[1]請無死之藥於西王母，嫦娥[2]竊之以奔月。將往，枚筮[3]之於有黃[4]。有黃占之曰：「吉。翩翩歸妹[5]，獨將西行。逢天晦芒[6]，毋恐毋驚，後且大昌。」嫦娥遂託身[7]於月，是為「蟾蠩」[8]。——《搜神記》

註解

1 **羿：**神話中的人物，又稱「后羿」，傳說在唐堯時代，天上有十個太陽，羿用箭射下九個，為民除害。

2 **嫦娥：**神話中的人物，羿的妻子。在《淮南子》、《太平御覽》中寫作「姮娥」。

3 **枚筮：**一種用蓍草占卜的方法。

4 **有黃：**傳說中巫師的名字。

5 **翩翩歸妹：**《周易》中的卦名，兑下震上。根據《周易》孔穎達疏：「婦人謂嫁曰歸，歸妹猶言嫁妹。」這裏將「歸妹」借指嫦娥，指嫦娥翩翩飛翔。

6 **晦芒：**天色昏暗。

7 **託身：**寄身。

8 **蟾蠩：**即蟾蜍，又俗稱癩蛤蟆。

語譯

后羿向西王母求得不死之藥，嫦娥把藥偷吃了，想飛奔到月宮中。將要飛往月宮時，她找巫師有黃用蓍草占卜。巫師有黃占卜說：「吉利。出嫁的女兒翩翩飛翔，獨自一人飛奔到西方。適逢天色昏暗，不用害怕，不用驚慌，之後會非常興旺。」嫦娥於是飛奔向天寄身月宮中，這就成了月宮中的蟾蜍。

文言文原文

《歲時廣記・七夕・出河西》

焦林《天斗記》：天河之西，有星煌煌[1]，與參[2]俱[3]出，謂之牽牛。天河之東，有星微微，在氐[4]之下，是曰織女。杜甫詩云：牽牛出河西，織女出河東。張天覺《七夕歌》云：橋東美人天帝子，機杼[5]年年勞玉指。織成雲霧紫綃衣[6]，辛苦無懽[7]容不理。帝憐獨居無與娛，河西嫁得牽牛夫。貪懽不歸天帝怒，讁歸[8]卻踏來時路。但令一歲一相逢，七月七日橋邊渡。

註解

1 **煌煌：**光明的樣子。

2 **參：**星宿名，二十八星宿之一，位於西方白虎七宿的末端。

3 **俱：**一起。

4 **氐：**星宿名，二十八星宿之一，位於東方蒼龍七宿的第三宿，共有四顆星。

5 **機杼：**紡織機。

6 **綃衣：**薄絲製的紗衣。

7 **懽：**同「歡」。

8 **讁歸：**讁，譴責、斥責。歸，回家。指責備織女，要她回家。

語譯

焦林的《天斗記》記載：天河的西面，有顆星星閃閃光亮，與參宿一起出現，稱之為牽牛星。天河的東面，有顆星星微微發光，在氐宿的下面，叫做織女星。杜甫詩歌說：牽牛星從河西出現，織女星從河東出現。張天覺的《七夕歌》說：橋東有個美人是天帝的女兒，她年年在織布機上用纖纖玉指勞作。編織成錦繡五彩紗衣，因工作艱辛而臉上沒有喜樂表情，且對自己的容貌也不理會。天帝憐憫她獨自生活，沒有可與她玩樂的人，便將她嫁給河西的牛郎。她嫁後貪圖歡愉不回家，令天帝憤怒且責備她，要她歸來卻要由原本的路回去，更命令她只可一年一次與牛郎相聚，七月七日從鵲橋邊渡過去見他。

學生文選

1. 牛郎織女故事新編

英華小學　小五　姚朗晞

從前有一個負責放牛的人叫牛郎，有一個在天上織布的仙女叫織女。天帝見織女很孤單，沒有娛樂時間，便找來牛郎當她的丈夫。但他萬萬也沒想到自從跟牛郎一起之後，織女怎樣也不肯回家織布，他便趕走了牛郎，只許他們在每年的七月七日見面。他還設了一個大鐘計時，防止他們在見面時間完結之後不回去各自的家。

這時，牛郎的其中一頭牛開口説話了，牠説：「你下一次和織女相聚時，我會把大鐘吃掉！」於是牛郎便帶那頭牛一起去和織女相聚，牛果真吃掉了大鐘，令天帝不知道他們的見面時間已經完結。但牛郎和織女很誠實，一到時間便各自回去工作。玉帝被感動了，便説：「從前你們不勤力工作，我便懲罰你們只能在七月七日相見，現在你們改過了，十分勤力工作，我就讓你們永遠相聚吧！」

牛郎和織女往後也很勤力地工作，以後便快快樂樂地一起過生活了。

2. 牛郎織女故事新編

啟思小學　小五　張墁庭

很久以前，織女因為和牛郎在一起太快樂，沒有繼續織布，於是天帝決定懲罰他們，讓牛郎和織女只能在每年的七月七日見面。雖然每年可以見一次面，可是牛郎還是覺得太少了，於是牛郎説服天帝如果他可以在「牧牛大賽」中得到冠軍的成績，就讓他們永遠在一起。

可是，牛郎回到天河西面參加比賽時，拿到的並不是冠軍，只得到亞軍。牛郎哭着對天帝説：「我已經盡了全力，可是對手的實力實在太強，最後我只能拿到第二名。」天帝問：「難道你不想永遠和織女在一起嗎？憑你這樣的表現，我只能讓你在每月的第七日和織女見面。」

此時，織女偷偷地聽到天帝和牛郎的對話，便向天帝請求：「爸爸，求你讓我們永遠在一起！」天帝答：「你要多織布，我便會考慮一下。」

從此以後，織女很努力織布，不偷懶。天帝看見了，被她的決心深深感動，便決定讓他們一起生活。最後，織女和牛郎一起過着幸福快樂的日子。

＊　＊　＊

除了學生的文選，最後我亦選取了自己寫的一篇文言文故事新編，附在後面，供讀者參考。

文言文原文

〈書癡〉

彭城[1]郎玉柱，其先世官至太守，居官廉，得俸不治生產，積書盈屋。至玉柱，尤癡[2]：家苦貧，無物不鬻[3]，惟父藏書，一卷不忍置。父在時，曾書〈勸學篇〉黏其座右，郎日諷誦;又幬[4]以素紗，惟恐磨滅。非為干祿[5]，實信書中真有金粟。晝夜研讀，無間寒暑。年二十餘，不求婚配，冀[6]卷 中麗人自至。見賓親不知溫涼，三數語後，則誦聲大作，客逡巡自去。每文宗臨試，輒首拔之，而苦不得售。

一日，方[7]讀，忽大風飄卷去。急逐[8]之，踏地陷足[9]；探之，穴有腐草;掘之，乃古人窖粟[10]，朽敗已成糞土。雖不可食，而益信「千鍾」之說不妄，讀益力。一日，梯登高架，於亂卷中得金輦徑尺[11]，大喜，以為「金屋」之驗。出以示人，則鍍金而非真金。心竊怨[12]古人之誑己也。居無何，有父同年，觀察[13]是道，性好佛。或勸郎獻輦為佛龕[14]。觀察大悅，贈金三百、馬二匹。郎喜，以為金屋、車馬皆有驗，因益刻苦。

然行年已三十矣。或[15]勸其娶，曰：「『書中自有顏如玉』，我何憂無美妻乎？」又讀二三年，迄無效[16]；人咸[17]揶揄之。時民間訛言，天上織女私逃。或戲郎：「天孫竊奔，蓋為君也。」郎知其戲，置不辨[18]。一夕，讀《漢書》至八卷，卷將半，見紗翦美人夾藏其中。駭曰：「書中顏如玉，其以此應之耶？」心悵然自失。而細視美人，眉目如生；背隱隱有細字云：「織女。」大異之。日置卷上，反復瞻玩，至忘食寢。

一日，方注目間，美人忽折腰[19]起，坐卷上微笑。郎驚絕，伏拜案下。既起，已盈[20]尺矣。益駭，又叩之。下几亭亭，宛然絕代之姝[21]。拜問：「何神？」美人笑曰：「妾顏氏，字如玉，君固相知已久。日垂青盼[22]，脱不一至，恐千載下無復有篤信古人者。」郎喜，遂與寢處。然枕席間親愛倍至，而不知為人[23]。

每讀，必使女坐其側。女戒勿讀，不聽。女曰：「君所以不能騰達者，徒以讀耳。試觀春秋榜[24]上，讀如君者幾人？若不聽，妾行去矣。」郎暫從之。少頃[25]，忘其教，吟誦復起。逾刻[26]，索[27]女，不知所在。神志喪失，囑而禱之，殊無影迹。忽憶女所隱處，取《漢書》細檢之，直至舊所，果得之。呼之不動，伏以哀祝。女乃下曰：「君再不聽，當相永絕！」因使治棋枰、樗蒲之具[28]，日與遨戲。而郎意殊不屬[29]。覷[30]女不在，則竊卷流覽。恐為女覺，陰取《漢書》第八卷，雜溷[31]他所以迷之。一日，讀酣[32]，女至，竟不之覺；忽睹之，急掩卷，而女已亡矣。大懼，冥搜諸卷，渺不可得；既，仍於《漢書》八卷中得之，葉[33]數不爽。因再拜祝，矢不復讀。女乃下，與之弈[34]，曰：「三日不工，當復去。」至三日，忽一局贏女二子。女乃喜，授以絃索[35]，限五日工一曲。郎手營目注[36]，無暇他及;久之，隨指應節，不覺鼓舞。女乃日與飲博，郎遂樂而忘讀。女又縱之出門，使結客，由此倜儻之名暴著[37]。女曰：「子可以出而試矣。」……

一日，謂郎曰：「妾從君二年，業[38]生子，可以別矣。久恐為君禍，悔之已晚。」郎聞言，泣下，伏不起，曰：「卿不念呱呱者耶？」女亦悽然[39]，良久曰：「必欲妾留，當舉架上書盡散之。」郎曰：「此卿故鄉，乃僕[40]性命，何出此言！」女不之強，曰：「妾亦知其有數，不得不預告耳。」

先是，親族或窺見女，無不駭絕，而又未聞其締姻[41]何家，共詰[42]之。郎不能作偽語，但默不言。人益疑，郵傳幾遍[43]，聞於邑宰[44]史公。史，閩[45]人，少年進士。聞聲傾動，竊欲一睹麗容，因而拘郎及女。女聞知，遁匿無迹。宰怒，收郎，斥革衣衿，梏械備加[46]，務得女所自往。郎垂死，無一言。械其婢，略能道其彷彿。宰以為妖，命駕親臨其家。見書卷盈屋，多不勝搜，乃焚之；庭中煙結不散，暝若陰霾。郎既釋，遠求父門人書，得從辨復[47]。是年秋捷，次年舉進士。而銜恨切於骨髓。為顏如玉之位，朝夕而祝曰：「卿如有靈，當佑我官於閩[48]。」後果以直指巡閩[49]。居三月，訪史惡款，籍[50]其家。時有中表[51]為司理[52]，逼納愛妾，託言買婢寄署中。案既結，郎即日自劾[53]，取妾而歸。

異史氏曰：「天下之物，積則招妒，好則生魔：女之妖，書之魔也。事近怪誕，治[54]之未為不可；而祖龍之虐[55]，不已慘乎！其存心之私，更宜得怨毒之報也。嗚呼！何怪哉！」

註解

1 **彭城：**縣名，今江蘇省徐州市。

2 **尤癡：**尤其沉迷。

3 **鬻：**賣。

4 **幛：**布帛，這裏作動詞，指遮蔽、遮擋。

5 **干祿：**干，求取。祿，官職。指求取官位。

6 **冀：**冀望、盼望。

7 **方：**正在。

8 **逐：**追趕。

9 **陷足：**腳陷進鬆軟的土地中。

10 **窖粟：**窖，倉庫。指儲藏在倉庫的糧食。

11 **金輦徑尺：**金，鍍金。輦，人力拉挽的車。徑，長度。指長一尺的金輦車。

12 **竊怨：**暗自埋怨。

13 **觀察：**官職名，即觀察使。唐宋時設立觀察使，到明清時期稱「道員」為「觀察」。清代把一個省分為幾個道，觀察就是負責巡察省份各道的官員。

14 **佛龕：**供奉神佛的小屋。

15 **或：**有人。

16 **迄無效：**迄，始終。指始終沒有成果。

17 **咸：**全部、都。

18 **置不辨：**置，放棄。辨，同「辯」，解釋。指不理會、放棄而不回應。

19 **折腰：**彎腰。

20 **盈：**滿。

21 **姝：**美女。

22 **日垂青盼：**日，每天。青盼，喜愛，《晉書 · 阮籍傳》記載阮籍能對人做「青白眼」，對喜歡的人會用「青眼」，即黑眼珠來看對方，後世就以「垂青」、「青盼」來表示對人的喜愛。指每天蒙受喜愛。

23 **為人：**夫婦間的事。

24 **春秋榜：**古代科舉制度分春榜和秋榜。春榜是考取進士的春試，秋榜是考取舉人的秋試。

25 **少頃：**不久。

26 **逾刻：**逾，過。刻，短暫的時間，是古代記時的名詞。指過了一會兒。

27 **索：**尋找。

28 **治棋枰、樗蒲之具：**棋枰，是下棋工具，枰是棋盤。樗蒲，古時博戲的一種，泛指賭博的工具。指買來、弄來棋盤、骰子等用具。

29 **意殊不屬：**指心思還不在這些玩樂上。

30 **覷：**窺伺、偷看。

31 **雜溷：**溷，同「混」。指混雜在一起。

32 **酣：**沉迷、入迷。

33 **葉：**通「頁」。

34 **弈：**圍棋，這裏作動詞，指下圍棋。

35 **絃索：**原本指弦樂器的絲弦，這裏借代指琴瑟。

36 **手營目注：**着手經營，眼神專注着。指手眼並用，專注其中。

37 **暴著：**暴，急驟。著，顯露、顯著。指大大提升名聲。

38 **業：**已經。

39 **悽然：**悲傷的樣子。

40 **僕：**我。

41 **締姻：**締結姻親，指與別人訂立婚事、婚約。

42 **詰：**詢問。

43 **郵傳幾遍：**郵傳，是古時傳送文書信件的驛站，這裏是傳播各地的意思。遍，通「遍」。指消息幾乎傳遍各處。

44 **邑宰：**縣城的長官，即縣令，邑宰是古時對縣令的尊稱。

45 **閩：**今福建省。

46 **斥革衣衿，梏械備加：**衣衿，衣領，這裏指生員的資格，古時稱科舉考試中及格入讀各地官府學堂讀書的學生。梏械，手銬腳鐐一類枷鎖刑具。指褫革功名，扣上手銬腳鐐嚴刑拷打。

47 **辨復：**被革除功名的秀才向上級官府申訴，請求恢復職務或功名。

48 **官於閩：**官，詞類活用作動詞，做官的意思。指到福建做官。

49 **以直指巡閩：**憑巡撫、御史的身分巡察福建。

50 **籍：**原本指已記錄作備查用的名冊、檔案，這裏指抄家點算沒收的財產。

51 **中表：**表兄弟。古時將父親姊妹的子女稱為「外兄弟」，母親兄弟姊妹的子女稱為「內兄弟」，二者合稱「中表」。

52 **司理：**官職名，掌管司法的州官。

53 **自劾：**劾，彈劾、揭發罪行。指自己上書承認罪過，請求免除官職。

54 **治：**懲治。

55 **祖龍之虐：**祖，始。龍，象徵皇帝。祖龍，秦始皇。指秦始皇焚書坑儒的暴政，這裏指史邑宰焚燒郎玉柱的藏書。

語譯

彭城人郎玉柱，他的父親官職做到太守，為官清廉，得到俸祿後，不經營什麼產業，只用來買書，積攢了滿屋子。到了玉柱，尤其沉迷讀書；家中非常窮苦，所有物品都賣光了，只有父親的藏書，一本都不忍心賣掉。父親在世時，曾抄寫〈勸學篇〉貼在郎玉柱讀書的座席右邊。玉柱每天都要誦讀多遍，又用白紗罩上，恐怕磨損破爛。玉柱不是為了做官才讀書，而確實相信書中有「千鍾粟」、「黃金屋」。晝夜苦讀，冬夏無間斷。二十多歲了，也不尋求娶妻成婚，冀盼着書中的美人自己到來找他。與親戚朋友見面，也不懂噓寒問暖，略說幾句話後，就自顧自地高聲讀起書來。客人覺得無趣，自己坐一會兒就回去。每次到了科舉考試，每每首先選拔他參加，但總是考不到。

有一天，玉柱正在讀書，忽然大風吹去了書卷。玉柱急忙追趕，一隻腳踏進鬆軟的地上；探視一看是個洞穴，洞穴中有腐爛的草。往下挖掘，原來是以前的人窖藏的糧食，糧食已經腐爛得變成糞土。雖然吃不到，但玉柱更加相信「書中自有千鍾粟」的說法不是騙人的，於是更加努力讀書。一天，玉柱爬梯上書架的高層，在亂書堆中發現一個大約一尺長的金車輦，非常驚喜，認為驗證了「書中自有黃金屋」的說法。拿出來展示給別人看，原來只是鍍金並非真金製的。玉柱心中暗自埋怨古人欺騙自己。不久，有個跟父親同年考中進士的人，來玉柱住的附近擔任觀察的官職，這個人喜歡拜佛。有人勸玉柱獻金車給他作為佛龕。

觀察非常高興，贈送三百兩銀子、兩匹馬給玉柱。玉柱欣喜，認為黃金屋、寶馬都靈驗了，於是更刻苦讀書。

然而玉柱已經三十多歲，有人勸他娶妻，玉柱說：「『書中自有顏如玉』，我怎需要擔憂沒有美麗的妻子呢？」又讀了兩三年書，始終沒有美人從書中出來找他，人們都嘲諷他。當時民間謠傳，天上織女私奔到了人間。有人戲弄玉柱說：「天孫織女私逃，大概是為了你。」玉柱知道別人是戲弄自己，也不理會。一晚，讀《漢書》到第八卷，將讀到一半時，見到有用紗剪成的美人像夾在書中。玉柱驚訝道：「書中自有顏如玉，就用這個應驗嗎？」心中悵然若失。可是他仔細看那紗剪美人，眉目栩栩如生，背後隱隱約約寫有小字說：「織女。」玉柱非常驚異。每天把美人放在書卷上，反復觀賞，沉迷至廢寢忘餐。

有一日，正在注視那紗美人時，美人忽然彎腰起來，坐在書上微笑。玉柱極之驚駭，在桌下俯伏跪拜。美人坐起之後，已經有一尺高。玉柱驚疑，又叩頭拜她。美人走下桌子，亭亭玉立，彷彿絕代佳人。玉柱叩拜着問：「你是什麼神仙？」美人笑着說：「我姓顏，名如玉，你早已認識我。日日看着我、天天盼望我，我不到來看你一次，恐怕千年以後沒人再深信古人的話了。」玉柱欣喜，於是與她同牀而睡。然而牀第之間非常親愛，但玉柱並不懂得男女間的事。

玉柱每次讀書，必定讓美人坐在旁邊。美人勸戒他不要讀書，玉柱不聽勸。美人說：「你之所以不能飛黃騰達的原因，只是因為死讀書而已。試看看春秋兩榜科舉考試上，讀書讀得好似你的人有幾多個？你如果不聽我的話，我就離去了。」玉柱暫且聽從她。不久，忘記美人的教訓，又再誦讀起來。過了一會兒，找尋美人，已經不知她在哪裏。玉柱失魂落魄，跪在地上禱告，美人還是沒有蹤影。忽然記起美人隱藏的地方，取來《漢書》仔細檢閱，直至翻到她以前藏身的地方，果真找到她。呼喊她也不動一下，俯伏跪下哀求。美人於是走下來說：「你再不聽我的話，真的永遠斷絕往來！」於是讓玉柱買來棋盤、骰子等用具，每天與他玩遊戲。但玉柱的心思還不在這些玩樂上。窺見美人不在，就偷偷拿起書卷隨意閱覽。恐怕美人發覺，暗中將《漢書》第八卷混雜其他書，使她不起疑心。一天，玉柱讀得入迷，美人到來，他都沒察覺；忽然看見她，急忙闔上書，但美人已經消失了。玉柱非常驚恐，盡力搜遍各卷藏書，也沒找到她；後來，還是在《漢書》第八卷中找到她，連頁數都不差一頁。於是玉柱再次跪拜禱告，發誓不再讀書。美人於是從書上走下來，與他下棋，說：「三天內棋還下得不好，我就會再離開。」到第三天，忽然有一盤棋贏了美人兩個棋子。美人於是歡喜，教授他彈琴，限他五天內彈好一首曲子。玉柱着手彈琴專注在樂器上，沒閒暇顧及其他事；時間長了，順隨手指就彈奏得純熟，不自覺歡喜得跳起來。美人於是每日跟他喝酒、玩紙牌，玉柱於是快樂得忘記讀書。美人又叫他出門，讓他結交朋友，從此郎玉柱風流瀟灑的名聲就大大傳開來。美人說：「你可以出去考試了。」

有一天，美人對玉柱說：「我跟從你兩年了，已經生下兒子，我們可以分別了。長久下去恐怕會為你招來災禍，到時後悔就太遲了。」玉柱聽到，流着淚，伏在地上不肯站起來，說：「你不顧念孩子嗎？」美人也很悲傷，很久才說：「一定想我留下來，就應該把書架上所有書散盡扔掉。」玉柱說：「這是你的故鄉，是我的性命，為什麼說這種話！」美人不再勉強，說：「我也知道這是注定的運數，不能不預先告訴你罷了。」

原來先前，玉柱的親戚同族中有人偷看到美人，都驚異不已，但又沒聽說玉柱跟哪一家的姑娘結過親事。他們一起詢問玉柱，他不能說假話，只是緘口不語。大家更懷疑，消息傳遍各處，被縣令史公聽到。史縣令是福建人，年少時就考中進士。聽到傳聞就心動，想私下看看美人的花容月貌，因而派衙役捉拿玉柱和美人。美人聽到消息，逃得無影無蹤。史縣令生氣，將玉柱逮捕入獄，革去功名，扣上手銬腳鐐嚴刑拷打，務求得知美人的去向。玉柱被打得快死掉，還是不說一句話。縣令又逮捕玉柱的婢女，婢女只能略說一些大概。史縣令認為是妖怪，駕馬車親自到玉柱家查看。見到滿屋子都是書，多得不能逐一搜查，於是燒掉所有書；庭院中濃煙聚結得不散開，像天上的烏雲。玉柱獲釋之後，遠道去求父親的門人寫信幫忙，因此得以恢復學籍功名。這年秋天考試報捷考中舉人，第二年考中進士。玉柱對史縣令恨之入骨，他為顏如玉立了神位，早晚禱告說：「你如果有靈，應該保佑我獲派到福建做官。」後來他果然獲朝廷任命到福建做巡撫。過了三個月，訪查出史縣令在家鄉作惡的證據，抄了他的家。當時玉柱有表親擔當司理的官職，逼他娶了個愛妾，假託是買回來的婢女寄住在玉柱的官衙中。案件完結之後，玉柱當天就彈劾自己失職辭職，帶着愛妾返回家鄉。

異史氏評說：「天下的事物，聚積過多則招致嫉妒，喜好成癖則生出魔障；女妖是書中生出的魔障。這事近乎怪誕，懲治也未嘗不可；但像秦始皇那樣燒掉所有藏書，不是太慘嗎？史縣令心存私慾，更應該得到仇恨怨毒的報應。唉！怎可多責怪呢！」

改寫文章（根據前面文言文的故事發揮創意改寫——周淑屏）

江蘇徐州地方有一個窮書生，姓郎名世玉，自他父親那一代起，家境已十分窮困。為什麼呢？他父親曾經做過官，但得到的俸祿全部拿了去買書，一點儲蓄都沒有，所以，在他死後，到了世玉這一代成了家空物淨，什麼也沒有留給他——除了書。

世玉也遺傳了父親的喜好，愛書成狂，家中什麼東西都拿了去換飯吃，可是，惟獨是書，他寧願餓死也一本不肯賣。他由早到晚都在讀書，每次有鄉里、客人來探望他、接濟他，他也不大跟人寒暄，談不了幾句話，他又會拿起書來讀，客人就只好沒趣離去。

他早又讀書，晚又讀書，到底他最喜歡讀的是什麼書呢？他最喜歡誦讀的是宋朝皇帝宋真宗所作的《勸學文》，他父親尚在時，曾經親手抄了這篇文章貼在他的書桌上，世玉惟恐弄污了父親的墨迹，還用白紗布遮蓋着它。他這麼愛讀又如此珍而重之的文章，內容到底是什麼呢？

文章名為《勸學文》，當然是拿來勸人多點學習、多點努力讀書的啦！文章的內容還強調讀書的好處——

「書中自有千鍾粟」；

「書中自有黃金屋」；

「書中自有顏如玉」；

「書中車馬多如簇」……

其實，這些文字只是一種比喻，比喻多讀書的好處有如得到稻米、黃金、美人、車馬……可是，世玉卻很死心眼，他以為讀書真會從書中實質得到這些好處，所以有關營生、與人相處的事，他一概不管，只管讀書。

卻是傻人有傻福，因為沉迷讀書，他遇上了許多奇事、妙事……

某天，世玉正拿着書邊走邊讀，忽然，吹來一陣怪風，把書吹走了。他連忙去追，一個不小心，半隻腳踩進一個地洞中。他好奇掘出地洞的泥土，發覺裏面原來是前人的穀倉，雖然裏面的穀米早已變壞，不可以食用，但世玉因此認為《勸學文》中：「書中自有千鍾粟」這句話是真的，因而更廢寢忘餐地讀書了。

又一天，他用梯子攀到家中的書堆裏找東西，卻意外地發現那裏有一個金杯，他歡天喜地的把金杯拿來給鄉里看，高興地說：「都說過『書中自有黃金屋』是真的啦，你看，我真的在書中找到黃金呢！」

鄉人一看，那金杯只是鍍金的，並非用真金製造，可是，世玉仍堅信書中有黃金之說。

又一次，他父親一位老朋友到他家探訪，他順便就把那金杯送給那世伯，那世伯開心地收下了。第二天，竟找人送來黃金三百兩、兩匹馬給他，這令世玉高興得大叫着跑出去告訴左鄰右里：「我都說過書中有黃金、車馬的啦！現在誰還不相信我的話？」

鄉中的父老見他這樣下去不是辦法，就勸他早點娶妻，說他娶了妻、有了家庭就會變得成熟，可是他不屑地說：

「你沒聽過『書中自有顏如玉』嗎？我才不用擔心娶不到漂亮的妻子呢！」

左鄰右里都笑他傻，那時候，有相士夜觀天象，發現織女星黯淡了不少，民間傳言天上的織女私逃下凡，人們就取笑世玉說：「織女一定是為了要下凡來見你，才會私自逃走的。」

世玉被人戲弄，卻沒有不悅，仍舊讀書如故。想不到，不久之後，奇怪的事情發生了。

一個晚上，當世玉讀《漢書》，讀到內容關於「夫婦之道」的那一頁時，看到有一個女子形狀的紙人夾在書裏面，他見了大驚，自言自語說：

「難道《勸學文》中指的『書中自有顏如玉』，就是指這個？」

他仔細看那紙人，畫得眉目也很清晰，他把紙人反轉來看，竟發現上面寫了「織女」兩個字。

世玉感到很有趣，於是，就常常翻開這一頁，仔細看這紙人，甚至因而廢寢忘餐。

一天，當他定睛看着這小紙人時，怪事發生了，那紙人竟然彎腰坐了在書上，向世玉微笑。世玉大驚，幾乎叫了出來，再看看，那紙人已變得有一尺高，而且逐漸變大。終於，她站到地上，變成一個人一般高，成了一個亭亭玉立的美女。

「何方妖物？你到底是人是鬼，是神是妖？」世玉大叫。美女對他施禮後，笑說：

「我的名字叫顏如玉，你該認識我很久了吧？只有你一個人這麼深信『書中自有顏如玉』這句話，而且這麼愛讀書，所以我決定出來與你相見！」

聽了她的話，世玉大喜過望，因為自己一直深信書中的話竟是真的，於是，由這一天開始，顏如玉天天也來陪伴他，他們的感情也愈來愈好。

可是，幾天之後，世玉書癡的性格盡現，就算有如玉在他身邊，他也只顧看書、讀書。如玉看見他只顧讀書不理她，就嬌嗔說：「有我陪伴你，你以後不准再看書了！你之所以這麼窮困潦倒，也是因為你整天只顧着讀書的緣故，如果你不聽我的話，我便要離你而去了。」

世玉聽了她的話，勉強應承她把書本擱下；可是，大半天之後，他又不自覺的拿起書來讀。驀地，他發現身邊的如玉不見了。他連忙拿出《漢書》來，翻到「夫婦之道」那一頁，幸好如玉化身的那紙人仍在，他向她發誓不會再讀書，如玉才肯再現身與他相見，並且警誡他說：「你再不聽我的話，我就永遠不再見你了！」

這之後，如玉每天和他飲酒下棋，然而，世玉卻是心不在焉，心中只惦記着讀書。他趁如玉不在，或回到《漢書》中休息時，又偷偷拿出書來讀。到了第二天如玉不再出現，世玉想她定是發現自己又讀書了，於是又翻開《漢書》，向如玉謝罪，這一回，他向她求了三天三夜，她才肯現身。

「本來，我已決定永遠不見你的了，但看到你求我求得這麼辛苦，才出來相見，但這一回我不會這麼容易原諒你的了，除非你下棋贏了我，又在五日之內，學會了彈奏我指定的樂曲，我才會原諒你。」

世玉和如玉下了三天棋，才勉強小勝了她；他又苦練彈箏五天，才彈奏出如玉要他彈的樂曲，如玉這才肯原諒他，回到他身邊。

自此，兩人如魚得水，生活得幸福快樂。世玉的鄉人看到他這些日子只躲在家中足不出戶，就好奇地在他家門口窺探，豈料，竟看到他和一個絕色美人在一起，言談甚歡。

由此，世玉遇上仙女的傳言不脛而走，當地的權貴聽聞此事，因為好奇，到世玉家一看究竟，真的看到世玉和如玉一起，可是，如玉轉眼就不見了。那權貴把世玉抓了來，要他讓仙女現身相見，可是世玉死也不肯。權貴的僕人對世玉拳腳交加，把他打到半死。後來，那權貴知道世玉愛書，更要脅若他不說出如玉的秘密，就把他家中的書全部燒掉。

世玉不為所動，不消半天，他家中的書就全部被燒掉了。此刻，世玉的家和所有書都被燒掉，如玉亦不知所終，他痛定思痛，決定向鄉人借盤川上京赴考，希望考取功名之後，可以向權貴報仇。

皇天不負有心人，三年之後，世玉果然中了科舉，而且做了大官，他馬上回故鄉把那權貴捉拿，定以應得之罪。

此際的世玉已不同於昔日的書癡、呆子，多少富家大族都想把女兒嫁給他，可是他都一一拒絕了。他愛讀書的習性未改，在為官公務之餘，只是看書，而且，他更有一個新的愛好，就是搜集各種版本的《漢書》，他相信終有一天，會在《漢書》中再見到如玉的。

在一個清風明月的晚上，世玉在府中涼亭裏翻看《漢書》的時候，赫然看到月下站着一個美人，他走近一看，那不是如玉嗎？

他連忙上前想拉着如玉的手，如玉慌忙後退躲開了他，對他說：

「世玉，你我的緣分已盡，你不要再思念我了，趕快娶妻成家立室吧！我原是上天派來，讓你不再沉迷於書本，令你考取功名建功立業的，所以才用那種方法，去激勵你發奮。如今，你真的考中功名做了大官，我也要功成身退了。」

「不，除了你以外，我不會另娶他人的，如玉你千萬不要走啊！」

「世玉，你不要這樣苦苦癡纏了，我本是樹妖，是上天叫我化身為紙人開導你的，我也故意化身成為你將來妻子的模樣，因為我知道你一定對我癡心、不讓我離開的。如今好了，你將娶的妻子的樣貌、舉止其實與我無異，你一定會愛她如愛我的。明天一早就會有姓王的員外向你提親，他的女兒，就是我所說的人了，你就趕快應承婚事，與佳人成婚吧！」

如玉說完這些話，轉身便失去了蹤影，任由世玉再三呼喚，她也再不回來了。世玉只好聽她的話，娶了王員外的女兒，新婚之夜那一晚，他果真看見妻子生得跟如玉一模一樣！

後記

（〈書癡〉這故事出自《聊齋誌異》的〈書癡〉，故事雖短，但很有趣，我將故事的結尾增刪改動了少許，希望能令一眾愛書的讀者看得興味盎然吧！）